1982 Berlin doğumlu olan Şermin Yaşar, Türk Dili ve Edebiyatı mezunudur. Yüksek lisansını yine edebiyat alanında yapmıştır. Uzun yıllar reklam ve medya sektöründe metin yazarlığı, reklam yazarlığı, kreatif direktörlük yapmış ve mesleğine devam ederken bir yandan da Oyuncu Anne isimli sosyal medya hesapları üzerinden çocuklarıyla oynadığı yaratıcı ve gelişimlerini destekleyici oyunları paylaşarak ülkenin dört bir yanındaki annelerle arkadaşlık ağı kurmuştur. *Başlarım Şimdi Anneliğe, Oyuncu Anne, Çok Hayal Kuran Çocuk, Oyun Takvimi, Kötü Alışkanlıklara İyi Öneriler, Dedemin Bakkalı, Dedemin Bakkalı Çırak, Tilki Masalları* ve *Tarihi Hoşça Kal Lokantası* isimli kitapların yazarı olan Şermin Yaşar 3 çocuk annesidir.

Göçüp Gidenler Koleksiyoncusu

DOĞAN KİTAP TARAFINDAN YAYIMLANAN DİĞER KİTABI

Tarihi Hoşça Kal Lokantası

GÖÇÜP GİDENLER KOLEKSİYONCUSU

Yazan: Şermin Yaşar
Editör: Aslı Güneş

1. baskı / Ekim 2018 / ISBN 978-605-09-5545-3
Sertifika no: 11940

Kapak tasarımı: Feyza Filiz
Kapak görseli: David Malan/ Photographer's Choice RF/ Getty Images
Baskı: Mega Basım Yayın San. ve Tic. A.Ş.
Cihangir Mah. Güvercin Cad. No: 3/1
Baha İş Merkezi. A Blok Kat: 2
34310 Haramidere-İstanbul
Tel. (212) 412 17 00
Sertifika no: 12026

Doğan Egmont Yayıncılık ve Yapımcılık Tic. A.Ş.
19 Mayıs Cad. Golden Plaza No. 3, Kat 10, 34360 Şişli - İSTANBUL
Tel. (212) 373 77 00 / Faks (212) 355 83 16
www.dogankitap.com.tr / editor@dogankitap.com.tr / satis@dogankitap.com.tr

Göçüp Gidenler Koleksiyoncusu

Şermin Yaşar

Sevgili Ekin'e
Güzelliklerle dolu
bir hayat
dileğiyle...
15 Kasım 2018
İSTANBUL

DK DOĞAN KİTAP

İçindekiler

Sırlarımı söyledim dağlara dumanlara
Ben yazarken ağladım, okurken de sen ağla.*

* Fatih Yaşar'ın türküsünden.

Göçüp Gidenler Koleksiyoncusu

1993 baharında Mustafa Sami Özyaka Bey ölmeseydi size bugün anlatacak bir hikâyem olmayacaktı. Onun vefatını takip eden üçüncü gün hayata gözlerini yuman dünyalar güzeli Reyhan Hanım olmasaydı, hikâyem giriş bölümünde takılı kalacaktı. Reyhan Hanım'ın cenazesinden bugüne dek, dünyadan göçüp giden kadın-erkek, genç-yaşlı bütün bu zevat olmasaydı emeklilik günlerimde neyle meşgul olacaktım, inanın bilmiyorum.

Reyhan Hanım çok güzeldi. Bakınca bir kez daha bakmamızı sağlayan sarı saçlarından o suçluydu. Küçük tebessümlerine karşılık ağzımı yaya yaya gülerek karşılık verdiğim için, ben ondan fena suçluydum. Mustafa Sami Bey'i ise tanımıyordum. Bizim kurumun eski genel müdür yardımcılarından biriymiş. Ölüm sebebini bilmiyorum. Daireye, cenazesinin öğle namazını müteakiben Merkez Camii'nden kalkacağı haberi geldi. Şimdi adını verme gereği duymadığım bir bakanlığın müsteşarının özel kaleminin yardımcısıydım. Günlerimi, kırmızı dosyalar içerisinde gelen kâğıtları imzalatıp ilgili yerlere iletmek, günde bilmem kaç kere ceketimin düğmesini ilikleyip açmak, özel kalemin, doğalgaz faturasının ödenmesine varana kadar aklınıza gelebilecek her türlü özel işini halletmekle geçiriyordum. Özel kalem, yapmaktan hoşlanmadığı her türlü işi bana paslıyordu, benim pas atabileceğim kimse olmadığı için dişlerimi sıka sıka her türlü işe kendim koşturuyordum. Dairede dirhem gülmüyor, gülemiyordum. Reyhan Hanım, akşamüstü müsteşarın imzalayacağı dosyaları getirene kadar yüzümde tek bir kas kımıldamıyordu. O gelince dudaklarım ister istemez titriyor, ağzım suratımın ortasına çarşamba pazarı gibi yayılıyordu. Ben bakanlığın değil, Reyhan Hanım'ın çalışanıydım resmen. Sabahları işe değil, Reyhan Hanım'a gidiyordum.

Bazen iki üç kişi ve Reyhan Hanım aynı anda geliyordu. Reyhan Hanım dışında herkes, kişiydi bakanlıkta benim için; isimlerinin, işlerinin, bağlı bulundukları birimlerin önemi yoktu. Herkes 657'ye tabiydi, bir tek ben Reyhan Hanım'a tabiydim, o ise bu dünyaya bile ait değildi. Başka bir âlemden gelmiş gibiydi. Bunu en çok o birkaç kişiyle birlikte odaya geldiğinde anlıyordum. O kadınlar Reyhan Hanım gibi ışıldamıyordu, Reyhan Hanım resmen başının üstünde bir haleyle geziyordu ve bunu bir tek ben görüyordum. Geldiğinde diğer 657'lilerle konuşuyordu odada, orada sesini duyuyordum. O sesi içime çekiyordum, ciğerlerimde Reyhan Hanım'ın sesi dolaşıyordu. Anlattıklarını masal gibi dinliyordum. Oysa "Genel Müdür izinli bu hafta, sakin geçiyor"; "Bayram tatilini birleştirecekler mi acaba?" gibi cümleler kuruyordu. Yine de masal gibi bir "Bayram tatilini birleştirecekler mi acaba?" çıkıyordu dudaklarından. Kesinlikle sıradan bir cümle değildi bu, büyü gibi geliyordu. Devletin en üst makamına gidip, kapılarını çalıp bayram tatilini birleştirin, Reyhan Hanım mutlu olsun, diye yalvarmak istiyordum. Ama içimden "Allah'ım inşallah birleşmez, ne yaparım ben dokuz gün Reyhan Hanımsız?" diyordum. Yine de çoğu zaman birleşiyordu bayram tatilleri, uzun bir ayrılık giriyordu araya. Hele o yıllık izin kullandığı zamanlarda, kahrımdan ölüyordum.

Üç gün görünmedi Reyhan Hanım bir keresinde. Deliye döndüm; yoktu. Omurgamı aldı benden, işe sürünerek geldim resmen. Üçüncü gün, bir çarşamba günü Mustafa Sami Özyaka'nın ölüm haberi geldi. Özel kalem, "Toplantı var, ben gidemem, sen git" dedi. Canıma minnetti, gittim. Devlet erkânından bir ben katıldım, hısım akrabasından bir avuç insan... Cenaze töreninde, ceketimizin yakasına siyah beyaz bir vesikalık olarak iliştirdiler Mustafa Sami Bey'in doksan yıllık hayatını.

Daireye gelince yakamdaki vesikalığı çıkartıp masama bıraktım. Çöpe atayım dedim ama içim bir tuhaf oldu. Her insan unutuluyordu tamam da, daha ölür ölmez, fotoğrafını çöpe atmak insana yakışan şey değildi. Odacı falan temizlik yaparken ben görmeden atar belki diye göz önüne bir yere koydum. O akşam Reyhan Hanım dosya getirdi. Üç günün sonunda güneş gibi doğdu odaya, demek o gün gelmiş ben görmemişim. Oysa hissediyordum onun bakanlıkta olup olmadığını. Reyhan Hanımlı havayla onsuz havayı ayırabilecek kadar ustalaşmıştım. Masama gelip elindeki dosyaları Mustafa Sami'nin üzerine koydu. Siyah beyaz vesikalık, dosyaların altında kaldığı sürece, Reyhan Hanım'ın gülen yüzüne bakarken "Kaldır rahmetlinin üstünden dosyaları" diyemediğim için ben ezildikçe ezildim. Çok güzel gülüyordu. Odaya o anda başka bir 657'li geldi. Reyhan Hanım ona gülüyordu. "Nasıl geçti tatil?" dedi 657'li, "Çok güzeldi, dört gün iyi dinlendim" dedi dünyalar güzeli. Sen dinlendin ama beni yordun, beni öldürdün yokluğunla diyebilmek isterdim, diyemedim. Orada öyle onları izlerken, kalbim Reyhan diye çarpıyor, aklımdan dosyalar altında ezilen Mustafa Sami Bey geçiyordu. Reyhan Hanım'ın arkasından vesikalığı deprem enkazından insan kurtarır gibi nazik bir telaşla aldım, gayri ihtiyarı dudaklarımı fotoğrafa götürüp bir nevi özür diledim rahmetliden ve fotoğrafı ceketimin iç cebine yerleştirdim. Bu işler bana göre değildi, Mustafa Sami'nin vesikalığını öptüğümü fark ettiğimde bir daha cenazeye gitmeyeceğime yemin ettim. Yeminimi tutacaktım... Fakat iki gün sonra Reyhan Hanım'ı karşı yönden gelen bir araç tekerleklerinin altına alınca, gözyaşlarımı da kendimi de tutamadım. Haber o sabah odamıza bomba gibi düştüğünde, bir daha parçaları asla bir araya gelmeyecek şekilde tahrip oldum.

Bakanlık olarak tam kadro camideydik. Dün akşam kuğu gibi karşımda süzülen Reyhan Hanım, musalla taşının üzerinde yatıyordu. Bütün 657'ye tabiler oradaydı, herkes ağlıyor ama sonra kendini bir şekilde topluyordu. Sonuçta hepsinin ertesi gün gidecek bir işi vardı. Ya ben yarın nereye gidecektim?

Cenazede göğsümün üzerine Reyhan Hanım'ın siyah beyaz vesikalığını tutturduğum toplu iğne kalbime ok gibi saplandı. Ben onun resmini değil güzel başını göğsüme yaslayacaktım oysa... O fotoğrafı günlerce yerinden çıkartmadım, ceketi yatak odamın duvarına asıp her gece uzun uzun bu buluşmayı izledim. Ceket sevgilisine sarılarak intihar etmiş bir âşık gibi asılı duruyordu duvarda. Baktıkça kendime zulmediyor, yaşayamıyordum. Günlerce duvarın karşısına geçip ağladım. Sabah kalkıp iş dedikleri yere gidiyor, bütün gün çay içip ne yaptığımı, neden yaptığımı bilmediğim şeyler yapıyor, akşam koşarak eve geliyordum. Reyhan Hanım'ı ceketimin yakasından söküp öpüyor, fotoğrafını yastığımın üzerine, parmağımı da onun üzerine koyup öyle uyuyordum. Böyle kaç gün geçirdim bilmiyorum. Zayıfladım, dağıldım, toparlanamadım. Beni hayata bağlayacak bir şeyler aradım, bulamadım. Daha fazla böyle devam edemeyeceğimin ilk önce ben farkındaydım. Bir akşam Reyhan Hanım'ı yakamdan söküp, Tanpınar'ın *Huzur*'unun içine yerleştirdim. Ceketimin iç cebinde unuttuğum, Mustafa Sami Bey'i de başka bir sayfaya yatırdım. Kendimi iyileştirmek için kurduğum hayal dünyamda şimdi ikisi huzur içinde yatıyordu. Ceketi duvardan indirdim ve kendime yaşattığım bu ıstıraba son verdim.

Hayata devam ettiğim sonraki günlerde başkaları da öldü. Her canlı ölümü tadıyor, bazı canlıların ölüm haberi bakanlığa da geliyor, özel kalem de cenaze törenlerine beni gönderiyordu. Artık memnuniyetle katılıyordum. Yakama iliştirilen her vesikalığı bütün gün büyük bir azametle taşıyor; ölenleri, defnedildikleri gün son bir şehir turuna çıkartıyordum. Belki de son yolculuk dedikleri şey; o gün benim gibi cenazeye katılmış herkesin yakasında taşıdığı o vesikalığın yolculuğuydu, kim bilir? Bakanlık personeli olarak namaza katılmakla kalmıyor, mezarlığa da gidiyordum. Hatta ilk gidenlerden biri oluyordum ve mezarlıktan en son ayrılan. Her gittiğimde Reyhan Hanım'a da uğruyor, karşısında öylece duruyordum. Ne tuhaf, hayattayken de onu görünce nutkum tutuluyordu, mezardayken de. Sevgi, sevdiğin ölünce azalmıyordu. Azalsa zaten adı sevgi olmazdı. Yunus Emre'nin "Ölür ise ten ölür, canlar ölesi değil" dediği ten, Reyhan Hanım'ın o gün ışığında ışıldayan teniydi. Can dediğiyse zaten bende gizliydi. Daha önceleri Reyhan Hanım'ı uzaktan seviyordum, onun haberi olmadan, ona belli etmeden, ona anlatmadan. Şimdi de aynı durumdaydım. Tek fark ben ayaktayken, onun mezarda olmasıydı. Bu durum zamanla daha da hoşuma gitmeye başladı. Her fırsatta mezarlığa gidiyor, Reyhan Hanım'a bir kırmızı gül bırakıyordum. Normalde ben kim, Reyhan Hanım'a gül uzatmak kim? Ben ki ona nasılsınız, diyebilme cesaretini bir kere bile gösterememiş biriyim. Şimdi düşünün gül uzatıyorum, toprağını seviyorum, mezar taşını öpüyorum. İlişkimizde kat ettiğimiz aşama, Reyhan Hanım'ın sağlığında katiyen başaramayacağımız cinsten. Zamanla aşkımı anlatmayı da başardım, açıldım, en başından anlattım duygularımı. Ve günün birinde ona Reyhan dedim, inanabiliyor musunuz, sadece Reyhan... İsmi ağzımda müthiş bir tat bıraktı, bütün gün toprağını sevip Reyhan dedim. Yine de bundan sonra ondan Reyhan Hanım diye bahsedeceğim, Reyhan'sa bana Reyhan, size ne? Mezarının başına oturup bakanlıkta olup bitenleri anlattım, bayram tatilinin birleşip birleşmediğinin haberini verdim, ailesinden haber alıp duyduklarımı ilettim, dünyayı anlattım, olup bitenleri... Ağladığım oldu. Kızdığım oldu. Küstüğüm oldu Reyhan Hanım'a. Bakanlığı temsilen katıldığım cenaze törenlerinden sonra geldiğim zamanlarda, o gün uğurladığımız insanlar hakkında tafsilatlı bilgiler verdim. Bunları bilerek ediniyordum. Reyhan Hanım da seviyordu sanki ya da bana öyle geliyordu. Kesin bana öyle geliyordu. Bunu biliyordum ama ruhuma iyi geliyordu.

Göçüp Gidenler Koleksiyonu'mda bir sayfa da onlara yer ayıracağım için, tören sırasında mevta hakkında bilgiler ediniyor, yakınlarının ağlayışlarını dinliyor, dostlarının kendi aralarında ettikleri sohbetlere kulak kabartıyor, takıldığım noktaları belli etmeden cenazedeki diğer insanlara soruyordum. Rahmetli hakkında edindiğim bilgileri küçücük vesikalığın arkasına tükenmezkalemle yazıyordum. Ne garip... Yüzyıla yakın bir hayat yaşıyorsun ve biri senin yüz yılını beşe sekiz santimlik bir kâğıt parçasının arkasına üç dört cümleyle sığdırıyor: "Fikret Kutlualp. Emekli edebiyat profesörü. Kanserden öldü. Oğlu cenazeye gelmedi." "Reşat Gençoğlu. Mimar Mühendis. Uykusunda öldü. Cenazede eski ve yeni eşi arasında kavga çıktı." "Şengül Ayan Keskin. Eski müsteşar eşi. Üç kızından biri cenazeye yetişemedi."

İlk başlarda *Huzur*'un içine yatırıyordum fotoğrafları, fakat böyle böyle derken kitap kapanmaz oldu. On beş yıl çalıştım bakanlıkta, her cenazeye kurum temsilcisi olarak bizzat katıldım. Severek ve isteyerek... İki yüze yakın kişiyi ebedi istirahatgâhına uğurlarken, bir o kadar da vesikalık biriktirdim. Emekli olduktan sonra bu koleksiyona devam edebilmek için, Merkez Camii'nden kalkan hemen her cenazeye iştirak ettim. Bugün 1308 rahmetlinin sergilendiği muazzam bir koleksiyonum var. Pul defterlerinin içinde saklıyorum hepsini. İtinayla yerleştiriyorum. Arada vesikalıkları cımbızla çekiyor, kâğıtların üzerindeki tozları, yüzlerine üflediğim birer Fatiha ile alıyorum. Koleksiyonumu görenler ister istemez, tanıdık bir yüzle karşılaşmaktan korkuyorlar. Öyle bir tedirginlik veriyor bakanlara. Belki anası babası çıkar içinden, belki dedesi, belki alt komşusu, öğretmeni... Olur a, tesadüfün işi yok...

Reyhan Hanım'a gitmekten hiç vazgeçmedim. Evlenmedim. Elbet bir gün onunla da ayrılacaksak, kavuşmak manasız geldi. Reyhan Hanım'la yaşadığım ayrılığın hazzını, bir başkasının vuslatına değişmek istemedim. Emekli olmadan önce günlerim bakanlıkta ve mezarlıkta; emekli olduktan sonra evde ve mezarlıkta geçti. Benim için her üç mekân da birbiriyle aynıydı zaten. Evim benim mezarlığımdı, kendimi her akşam çelik kapının kilidini üç kere çevirerek yalnızlığa gömüyordum. Bakanlık, bütün 657'lilerin kabristanıydı zaten, çoğumuz devletin sigortalı ölüleriydik.

Koleksiyonum geçen ay bir gazetecinin kulağına gitmiş; genç bir kız. İlginç koleksiyonerleri buluyor, onlarla röportaj yapıyor. Ben çok konuşmayı sevmem, konuşursam bir Reyhan Hanım'la konuşurum. Gazeteci kız bir dergide yayımlayacakmış çektiği fotoğrafları. Tüm ciltleri çıkarttım, sadece ilk cildi vermedim. O bana mahsus. Reyhan Hanım'ı ilk cildin ikinci sayfasına koydum. Diğer sayfalarda her vesikalık dört kişi ile yatıyor. Reyhan Hanım yalnız... Yapayalnız yatıyor. Vasiyetimdir, benim vesikalığımı Reyhan Hanım'ın karşı sayfasına koyacaksınız... Gün gelip birileri bu ciltleri incelediğinde bize bakacaklar ve tekrar kapatacaklar... Yanaklarımız birbirine değecek Reyhan Hanım'la... Dudaklarımız birbirine...

Biri tekrar açana kadar öylece yatacağız "Huzur" içinde...

Berhudar Olayım Necmi Enişte

Ferhunde Hala'yı hayatımda bir kez görmüşüm, onu da hatırlamıyorum. Bizim eve kardeşimin doğumunda gelmiş, bir daha da uğramamış. Fakat haberi gelirdi, onu çok net hatırlıyorum. Annem ev telefonunun danteliyle oynaya oynaya telefonla konuşur, "Aaaaa, tüüüh, vahhh, ayyyy" der, telefonda bir zaman inledikten sonra "büyük geçmiş olsun Ferhunde" diyerek yerine bırakırdı ahizeyi. Büyük geçmiş olsun'la küçük geçmiş olsun'u kardeş zanneder, bunların Ferhunde Halalarda yaşadığını hayal ederdim. Çocukluğumda, her altı ayda bir, değişik felaket haberlerini aktarmak için evimizi arayan bu uzak akrabanın hâlâ yaşadığını, Bursa'ya gideceğimi anneme söylediğimde öğrendim. "Ferhunde Halana uğra mutlaka" diye tutturdu. "Yav anne, gezmeye mi gidiyorum, işim var benim, gidemem" dedim ama "ölümü gör" dedi. "Ölümü gör, Ferhunde'ye uğramazsan. Benim onda lizözüm var, onu al bana getir" dedi. Hayatımda bir kez gördüğüm Ferhunde Hala'ya gidip, hayatımda ilk kez duyduğum bir şeyi isteyecektim. Lizöz dediği, annemin lohusa yeleği. Annemin Ferhunde dediği, annemin lizözünü kardeşimin doğumundan sonra "Çok güzelmiş bu, ben alayım da bebeğim olunca giyerim" diye aldığı ve geri getirmediği hala. Annem 62, Ferhunde Hala takribi 70 yaşında... Lizöz mü kalmıştır, dedim ama "ölümü gör" dedi. Abimin eşinin ikinci doğumuna olsun yetiştirmek istiyormuş yeleği. "Git getir, gelinim giysin" dedi.

"Yaaa anne yengem giymez öyle şey saçmalama" dedim ama "Ölümü gör" dedi. Annemin ölüsünü görmek istemiyorum. Hiç istemiyorum. Başa çıkamadığım tuhaf korkularım listesinde bir numaradaki yerini istikrarla koruyor bu korku. Annemin ölmesinden çok korkuyorum. Bazen geceleri uyumaya çalışırken annemin öldüğünü düşünüyorum. İşyerinde çalışırken telefon çalıyor, abim "Annemiz öldü" diyor. Dudaklarımı ısıra ısıra müdürün odasına gidip izin alıyorum. Kurumsal hayat ne tuhaf Allah'ım, annen ölüyor ve sen izin istiyorsun. Bazen rüyalarımda, şehir dışındayken "Annen öldü" diye arıyorlar beni. Uçak bulamıyorum, otobüs bulamıyorum geri dönmek için. Havaalanındaki bekleme koltuğunda ağlarken bir kadın geliyor yanıma "Neyin var evladım?" diyor. "Annem öldü" diyorum, kadına sarılıp ağlıyorum. Bu saplantılı korkularla baş edemiyorum, annem bir ara mutfağa gittiğinde, annemin öldüğünü, Ferhunde Hala'nın sırtında lizözle cenazeye geldiğini, o zamana kadar açık olan gözlerinin, lizözle beraber kapandığını hayal ettim. Titreyerek uyandım yine hayalden. "Ver Ferhunde Hala'nın adresini" diyerek annemin arkasından mutfağa girdim. Ver şu adresi de lanet olası lizözünü alıp geleyim, yeter ki ölme, yeter ki haberin gelmesin, yeter ki ölünü görmeyeyim.

Bu beni dehşete düşüren korkunun sebebi yine annemdi. Annemin terbiye ve eğitim sisteminin temellerinde cellatlar yatıyordu, onların başında da Azrail dikiliyordu. Çocukken ne zaman yaramazlık yapsam; yaramazlık dediğim de gürültü, ses çıkartma, elindeki oyuncakların tamamını salona dökme, arkadaşlarınla koşturma falan gibi sıradan davranışlar ha, öyle kayda değer şeyler de değil. İşte ne zaman bu yaramazlık sayılabilecek şeylerden yapsam, annem "Yılmaz, otur annecim, bak ölürüm" diyordu. Yapmaya devam ettiğimde "Tamam atıyorum madem kendimi camdan aşağı bak" diye pencereye koşuyordu; ağlayarak eteklerine yapışıyordum. Ergenlik yıllarımda, gitmeye karar verdiğim bir yerden geri çevirmek istediğinde mesela, kapıya dikilip "Gidersen ölümü öp" diyor, beni kapının önüne içimdeki tüm öfkeyle birlikte resmen çiviliyordu.

Kendince geliştirdiği bu vicdansız eğitim tarzının yegâne temsilcisi olan annem, babamın ölümüyle birlikte bana diplomamı verdi. Hastanede babamın ölüsünü görmek, hatta eğilip öpmek nasip oldu. Ebeveynlerim eğitimimde bütünsel bir yaklaşım sergiliyorlardı; teorik eğitimi annem, pratik eğitimiyse babam veriyordu. Hayatım boyunca bütün ölümü öp'leri annem demiş, öpülmek için ölmekse babama düşmüştü. Babamın vefatını takip eden tüm gecelerim aynı korkuyla geçti, ya annem de ölürse, ya onun da yanakları öpülmek için öyle hissiz, hareketsiz ve buz gibi beni beklerse? İşte bu yüzden annemin peşinde koşuyordum "Ver şu Ferhunde Hala'nın adresini" diye. Vicdansız anam bir kez daha galip geldi ve bana, Ferhunde Hala'nın başına gelmiş belalar silsilesiyle, sigara ve araba tiryakisi olan rahmetli Necmi Enişte hakkında kısa bir tafsilat ve üzerinde adresin yazılı olduğu bir kâğıt verdi.

Bursa'daki toplantılar bittikten sonra bütün ekip iskender yemeye gitti, ben annemin bir emanetini alacağım diyerek Ferhunde Hala'yı aramaya gittim. Emanet dediğim de, lohusa yeleği... Bursa'nın bütün sokakları birbirine benziyordu, defalarca kayboldum. Sonunda Ferhunde Hala'yı, Lale Apartmanı'nın giriş katında buldum. Kapıyı tepeden tırnağa siyah kıyafetleri ve çatık kaşlarıyla açtı. "Gel" dedi, "söyledi annen geleceğini." Hiç şaşırmadı beni görünce, gülmedi de, hoş geldin de demedi. Oysa ben bütün gün, kendimi ona nasıl tanıtırım diye düşünerek aramıştım evi. En azından "Ben Yılmaz, Gülser'in oğlu Yılmaz" deseydim, ama tıkadı lafı ağzıma. İçeri girince salonun ortasında dikilip kaldım. "Eniştene selam versene" dedi. Enişte yok ki evde? Enişte ölmedi mi ya? Enişte öldü dedi annem, ölmemiş mi? Yeni enişte mi bulmuş bu yaşta, diye düşünüyorsun ama soramıyorsun da. "Merhaba enişte" dedim, boş odaya. Ne diyeyim? Duvardaki çerçevelere baktı Ferhunde Hala. Duvar silme fotoğraf çerçevesi. Emekli maaşını fotoğraf çerçevelerine yatırmış, üç duvar çerçeve. Pahalı bu çerçeve olayı, öyle hadi gidip alayım yüz tane denecek bir şey değil. Tanesi en az yirmi liradan en az iki yüz çerçeve var duvarda; servet yatırmışlar çerçeve işine. Hepsi de camlı ha, dandik çerçeve de değil. "Gel" dedi, "enişten de sana selam versin." Bismillahirrahmanirrahim, dedim. İçimi bir korku sardı ki anlatamam. Zaten aşırı korkuları olan insanım ben, çerçevedeki rahmetli enişteyle konuşmak da neymiş? Annem yaptı beni böyle. Gece evde tek başına kalamayan, altı boş olan yatakların üzerinden ayaklarını sarkıtamayan, koridorlarda peşinden biri geliyormuş gibi hızlı hızlı yürüyüp ayakları birbirine dolanan pısırık herifin biri olup çıktım. İşin kötüsü korktuğum da belli oluyor karşıdan, saklayamıyorum. "Erkek adam korkar mı?" diyor annem. Sen benim çocukluğumun içine etmişsin ruh çağırma partilerinle, yetmemiş, erkekliğimi de sorgula. Korkuyorsam kimin yüzünden acaba?

Babam öyle erkenden gidiverince annem kalkamadı bu yükün üstünden. Zaten çok sağlam olmayan ruh dünyası, bu ölümle birlikte tamamen yıkıldı, enkaz altında kalan yine ben oldum. Eve hocalar, medyumlar falan getirdi, babamdan kalan emekli ikramiyesini resmen falcılarla, hocalarla yedi. Kadın fincanın etrafına kâğıtlara yazılmış harfler diziyor, babamın ruhunu çağırıyor, annem geldiğini zannettiği ruha birtakım sorular soruyor, kadın parmağıyla tuttuğu fincanı harflerin üzerine götürüyor, annemin sorularına böyle cevap veriyordu. Ben de bu arada babamın ruhuyla konuşan annemi dinleyip kanepede atari oynuyordum. Yıllarını böyle geçirdi. Bir keresinde eve bir böcek girdi, hamamböceği gibi bir hayvan. Tutturdu "Bu baban" diye. Düşünsene salonda bir böcek yürüyor ve annen ona bakıp "Baban geldi" diye ağlıyor. Perşembe geceleri babamın ruhunun geldiğine inanıyor. Her akşam sıkı sıkıya kapattığı perdeleri perşembe akşamları çekmiyordu. Perdeler açık kalsın da, babam bizi görsün... Annem bana böyle bir çocukluk ve gençlik yaşatmış, şimdi diyor ki "Erkek adam korkar mı?" Ferhunde Hala da kendi gibi çıktı işte, sülalesi bozuk bunların. Duvardaki enişteyle konuşuyoruz. Kocalarını kaybedince akıllarını da kaybetmiş ailenin kadınları.

Bütün çerçeveleri tek tek gezdirdi Ferhunde Hala. Necmi Enişte'nin sergüzeştini film şeridi gibi duvara asmış kadın. Necmi Enişte öğretmen okulunda; Necmi Enişte öğretmen olmuş sınıfta; Necmi Enişte'yle birlikte gittikleri ilk tatilin fotoğrafları; Ferhunde Hala hamile, bebek ölü doğmuş, –birkaç gözyaşı–; Ferhunde'yle Necmi'nin ilk evleri, yangında yanmış, sigaradan çıkmış yangın, zor kurtulmuşlar; Ferhunde yine hamile, –yine gözyaşı–; Necmi Enişte'yle ikisi hastanede, halanın kolu, eniştenin bacağı kırık, trafik kazası; enişte beyaz bir kartalın önünde, ağzında sigara, bir piknik fotoğrafı; Ferhunde gülüyor, eniştenin ağzında sigara, yeni bir araba, bu mavi, diğeri çalınmış, gitmiş güzelim araba, yenisini almışlar halanın altınlarıyla... Diğer duvara geçip de bütün çerçeveleri bitirene kadar sayısız "Büyük geçmiş olsun hala" dedim. Son duvar beni yıktı, perişan eyledi. Halada derman kalmadı. Necmi Enişte'nin kolunu kesmişler sigaradan, enişte tek kollu... Fakat yine arabada, protez koluyla direksiyonda, ağzında sigara. Huylu huyundan vazgeçmiyor arkadaş, ne arabadan vazgeçmiş ne sigaradan. Son kare... Hala mezarlıkta. Yalnız. Büyük geçmiş olsun oluyor, ama büyük Allah rahmet eylesin yok. Çaresiz, Allah büyük sabırlar versin, dedim. Gözyaşlarını sildi cebinden çıkarttığı kumaş mendile. Sonra salona geri döndük, filmi geri sardık. Çerçevelere bakarak Necmi Enişte'yi mezarlıktan alıp öğretmen okuluna kadar geri götürdük. "Otur" dedi, salona girince. O kadar kesin ve net söyledi ki hemen oturdum. "Helva kavurdum, helva getireyim" dedi. Hala mutfağa gidince Necmi Enişte'yle baş başa kaldım. İçimi yine o tanıdık korku sardı, telefonumu çıkartıp oynamaya başladım. Videolara falan baktım öyle. Hala içeriye giriverince birdenbire simsiyah elbisesiyle, panikledim. Videonun sesi açılıverdi. Gereksiz yüksek sesin, kahkahaların olduğu bir video. Ters ters baktı Ferhunde Hala, "Utanmıyorsun ölü evinde bangır bangır!" dedi. Ölü evi mi? Ulan bu Necmi Enişte ne zaman öldü? Annem ne zaman öldüğünü söylemedi ki, öldü dedi sadece. Yeni mi öldü acaba? Halaya baktım. Kıyafetler siyah, elinde helva, gözü yaşlı... "Eniştemi ne zaman kaybettik hala?" dedim öyle kelimelerin sonunu yuta yuta. "On yıl oldu" dedi, "bugün tam on yıl doldu, helva onun için..." Ulan şansa bak, hayatın boyunca sadece bir kez gördüğün uzaktan akraba halanın evine gel ve o da on yıl önce ölmüş kocasının ölüm yıldönümüne denk gelsin.

Öyle sus pus oturduk, hala tespih çekti, benim resmen içim çekildi. Helvayı yedikten sonra "Annem bir şey istemişti hala" diyebildim kısık sesle. Şu duvarlara bak, kadın feleğin çemberinden geçmiş, hâlâ gözü yaşlı, biz daha yelek derdindeyiz. "Gel" dedi, "yatak odasında, ben tek alamam şimdi." O insanın yüreğini dağlayan koridordan tekrar geçtik. Başımı kaldırmamaya çalıştım. Ama bazı çerçevelerin önünde bizatihi durdu. Hamile olduğu fotoğrafları gösterdi. "Çok istedim" dedi. "Hep ölü doğdular ya da doğuramadan düşürdüm." Yatak odasına girdik. Orda da her yer fotoğraf. Odaya girince "Müsaadenle Necmi Bey" dedi hala, bir ürperti sardı beni yine. Bu bizimkinden de fena. Bizimki hiç değilse böceğe falan kocam diyordu, halası boş odalara konuşuyor. Dolabı açtı, "Uzanıver oğlum şuraya, yukarıdaki bohçanın içinde olacaktı" dedi. Bu da obsesif. Kız halaya benziyor hakikaten. Annem de böyle. Dolaba eşyaları milimetrik yerleştirmiş, her şeyin üzerini işlemeli örtülerle kaplamış. Biliyorum bu işlemeleri, bizim evde de var. Annem benim kıyafetlerimin üstünü de bu saçma sapan dantelli şeylerle kapatıyor. Ayaklarımın ucunda yükselip halanın gösterdiği beyaz bohçaya uzandım, çekiverince bohçayla beraber paldır küldür bir şey düştü yere. Bir çığlık attım, yatağın üstüne sıçradım; aklım çıkacaktı korkudan. "Necmiiiiii" diye bağırdı hala, geldiğimden beri ilk kez güldü. Eniştenin protez kolu! Yerde duruyor öyle. Kâbus gibi. "Al eniştenin kolunu yerden" diye bağırdı hala. Betim benzim atmış, tir tir titriyorum, bu daha eniştenin kolu diyor. Yere uzanıp aldım, ona uzattım. O da alıp bana geri uzattı. "Öp eniştenin elini çabuk" dedi. Ağlamak üzereyim. "Öppp" dedi. Öptüm. Protez eli tuttum öptüm, alnıma koydum. Ferhunde Hala, kola sımsıkı sarıldı. "Rahmetliyi gömerken bunu gömemedik tabii, sakladım ben bunu. Nereye sakladığımı unutmuştum, iyi ki geldin Yılmaz. Kavuştum Necmiciğime" dedi. "On senedir hasretim Necmimeeee" diye başladı ağlamaya. Yatağın üzerine oturduk, halanın kucağında kol, o ağlıyor, ben ağlıyorum. Annem görse "Erkek adam ağlar mı?" der. Ağlanmayacak gibi mi vaziyet? Aklımı aldın geldiğimden beri. Epey bir zaman hazır ölü evi, helva da var, enişte de bir şekilde geri geldi diye ağladık. Halanın hıçkırıkları arasında "Annemin dediği şeyi ver de ben sizi baş başa bırakayım hala" diyebildim sonunda. Kucağından eniştenin kolunu indirmeden, bohçayı açıp, lizöz mü ne, o sevimsiz şeyi uzattı. "Bir bebeğimiz olsaydı, giyecektim Necmi Bey" dedi. Yetmiş yaşında kadın, mahcup bir yeni gelin edasıyla süzüldü protez kola. Allah akıl fikir versin sülalenize dedim içimden. Mendilini tekrar çıkarttı siyah hırkasının cebinden, sildi gözyaşlarını. İnsan delirten koridordan tekrar geçtik, beni kapıya kadar geçirdi hala. "Annene selam söyle, gene gel" dedi.

Apartman kapısına kadar el salladı arkamdan, bir kendi elini, bir eniştenin elini...

Kimlikte Nurşen

Bu yıl kırk yaşımı tamamlayacağım ve hayatımın neredeyse tamamını kendi ismimden korkarak, kaçarak geçirdim. Çocukluğuma dair hayal meyal hatırladığım şeyler var. Bir de asla unutmadığım, ölünce bile unutacağıma ihtimal vermediğim, artık beynimin bir kıvrımına dönüşmüş anılarım. Müsaitseniz ilk önce onlardan başlayalım.

Yengemin memelerini emerek başladığım bir hayata verelim girizgâhı. Amcamın karısına yenge demem gerekiyor, ama ben sütanne diyorum. Çünkü benden iki ay büyük bir kızı var, Nihal. Beni de Nihal'le birlikte o emzirmiş. Annem beni emzirmemiş. Babaannemden laf arasında birkaç kez duydum. Sütü göğüslerinden taşmış, kazağını ıslatmış annemin, ama yine de emzirmemiş. Sonra kurumuş gitmiş süt. Beni usulca sütannemin kucağına bırakmış babaannem. Zaten hatırladığım iki kucak var, biri babaannemin, biri de sütannemin kucağı. Annem ve babam ben bebekken ölmüşler, demek isterdim. Hatta çok arzu ederdim böyle olmasını ama hayattalar. Varlar ama anılarımda yoklar. Olanlar, dediğim gibi zihnime yapışıp kaldı, onları sökemiyorum. Annemin, evi süpürürken bacaklarımı yerden kaldırmam için süpürgeyle bacaklarıma vurduğu bir sahne var aklımda. Yeşil çiçekli divan örtüsü, divanın ucundan sallanan bacaklarım. Pantolonum, eteğim, çıplak bacaklarım, çıplak ayaklarım, kırmızı çoraplarım, beyaz çoraplarım, sarı çoraplarım, yün çoraplarım, bütün çoraplarım ve aynı süpürge ile bana doğru gelen, bacaklarıma vuran annem. Yani demek istiyor ki muhtemelen "Yavrum kaldır bacaklarını da halıyı süpüreyim." Sonra ben divandan kalkıp alt kata, babaannemlere iniyorum. Akşama kadar orada kalıyorum ve sevgi isteyen evcil köpekler gibi başımı babaannemin kolunun altına sokuyorum. Bunu her gün yaşadığım için unutmuyorum. En belirgin anılarımın başında bu geliyor. Alışveriş merkezlerinde beyaz eşya mağazalarını gezerken süpürgelerin önünde dikilip kalıyorum şu yaşımda. Annem süpürgelerin arasından çıkacakmış gibi geliyor.

İlkokula başladığımız sabah var aklımda mesela. Babaannemlerde uyanıyorum o sabah. Çoğu zaman orada uyuyup kalıyorum zaten. O gün de öyle olmuş ama benim dışımda diğerleri de orada. Babam, amcam, sütannem, Nihal. O da benimle birlikte başlıyor okula. İkimizin de önlüklerini giydiriyorlar. Saçlarımızı iki yandan örüyor sütannem. Nihal'in saçını daha güzel örüyor sanki. Bunun farkına varıyorum çoğu zaman. Aslında öyle yapmıyor, bunu şimdi buradan baktığımda, bu yaşımla düşündüğümde görebiliyorum... Ama o zamanlar Nihal'e ait olan her şey daha güzel, daha fazla görünüyordu gözüme. Sanki sütannem onun tabağına daha fazla yemek koyuyordu, sulu köftenin etleri daha fazlaydı sanki onun tabağında, bende ise patatesler ağırlıktaydı. Beraber uyuduğumuz geceler üzerimize örtülen yorganda Nihal'in tarafı daha sıcak, kahvaltılarda onun ekmeği daha yumuşaktı. Saçlarımızı hep sütannem örüyordu. Ama Nihal'inkiler daha güzel duruyordu, benim saçlarım alnımdan çıkışıyordu. Bunun sebebini saçlarımın kısalığında değil, annemin ilgisizliğinde değil, sütannemin dikkatsizliğinde arıyordum. O sabah, babam ve amcam işe gidiyorlar, biz onlardan sonra çıkıyoruz evden. Sütannemin bir elinden Nihal tutuyor, diğer elinden ben. Babaannem kapıda, arkamızdan dua okuyor. Gülerek geçiriyor bizi, sözleriyle, gözleriyle seviyor. Birkaç ev geçiyoruz, sonra ona bir kez daha gülmek için arkamı dönüyorum. Önce apartmanın kapısındaki babaannemi görüyorum, sonra üçüncü katın balkonundaki annemi. Pijamalarıyla balkonda. El sallamak için elimi kaldırıyorum, "Annneee" diye bağırıyorum. Ama o bana bakmıyor, yere bakıyor, balkondan aşağıya bakıyor. Sütannem, "El salla hadi babaanneye Nurşen" diyerek havada kalan elimi tutup öpüyor sözleriyle. O sabahı unutmuyorum ve okul hayatımın diğer bütün sabahlarını...

Babaannem birinci katta oturuyor, Nihaller ikinci katta, annem ve babam üçüncü katta. Ben tam olarak hangi katın çocuğuyum bilmiyorum. Üç katlı binanın ayakkabılıkları girişte, ayakkabılarımızı orada çıkartıp yukarıya çıkıyoruz. Aralarda kilimler var, babaannem kilimleri kendisi dokumuş gençliğinde. Bütün daire kapıları aralık, babaannem sütannemlere istediğinde girebiliyor, sütannem babaannemlere. Bir tek üçüncü kata kimse çıkmıyor. Üçüncü katın ilk basamağında kapan var sanki. Sütannem bana o basamaktan "Nurşeeeen" diye sesleniyor. Babaannem bana oradan sesleniyor. Koşarak iniyorum. O ilk basamağı inerken de çıkarken de atlıyorum. Bana göre lanetli bir basamak o. Apartmanın içi Nihal'le ikimizin oyun yeri. Bebeklerimizi alıp kilimlerin üstüne oturuyoruz. Oyun oynarken ben anne oluyorum, çünkü apartmanın içi benim evim. Diğer bütün kapılarda misafir, ama o arada kendi evimdeyim. Bebeklerimi sütannemin Nihal'i sevdiği gibi seviyorum.

Ödevlerimizi Nihallerde yapıyoruz. Her gün. Sütannem gösteriyor nasıl yapacağımızı. Bilmese de gösteriyor. İyi kadın o. Ama bazen ona da bir şeyler oluyor. "Hadi sen eve git artık Nurşen" diyor, ben de toparlanıp eve çıkıyorum. Bir gün kompozisyon yazıyoruz. Düz beyaz kâğıdın altına sütannemin cetvelle ve tükenmezkalemle çizdiği çizgili kâğıdı koyup yamuk yazmamaya çalışarak, dolmakalemle yazıyoruz. Dolmakalemlerimizi amcam aldı, ikimize de birer tane kalem, birer şişe mavi, birer şişe de kırmızı mürekkep. Mürekkeplerimiz sütannemin vitrininde duruyor. Doldurmak istediğimizde ona veriyoruz, kırtasiyeci titizliğiyle dolduruyor. Aman çocuklar damlamasın, çıkmıyor mürekkep lekesi dikkatli olun, diyor. Zaten ben hep dikkatli oluyorum. Her yerde. Biri bana kızmasın diye, yemek yerken, dişimi fırçalarken, evcilik oynarken, ders çalışırken hep dikkatli oluyorum. Sere serpe yaşamak ne, bilmiyorum.

Biz yazılarımızı yazarken sütannemin annesi ve kız kardeşleri geliyor misafirliğe. Onlar gelince çok daha güzel gülüyor sütannem. Saçlarını açıyor evde, normalde kapalı. Onlar gelince taç da takıyor başına, o zaman yüzü daha çok çıkıyor ortaya. O öyle gülünce keşke ben Nihal olsaydım diyorum içimden. Koşarak sarılmak istiyorum ona, ama tutuyorum kendimi. Utanıyorum. Nihal'in annesi benim sütannem, ama anneannesi benim hiçbir şeyim değil. Çok istediğim halde... Değil. Sütannem bir anda yengeye dönüşüyor yine, "Hadi sen eve git artık Nurşen dersin bittiyse" diyor. Bitmedi. Hiç bitmesin. Günlerce kompozisyon yazmaya razıyım, yeter ki göndermesinler beni istiyorum, ama bir yandan da toparlanıyorum. Biliyorum, annem hakkında konuşacaklar, babaannem yanlarına çıkana kadar babaannem hakkında konuşacaklar. Kitaplarımı, çizgisiz kâğıdımı, dolmakalemimi, kalem kutumu alıp yukarıya çıkıyorum. Lanetli basamağı atlıyorum. Ayağım kilime takılıyor, dizimi çarpıyorum. Dizim kilime sürtününce canım acıyor, ama ağlamıyorum. Hem büyüdüm hem de ağlasam koşup gelecek kimse yok. Elimden düşen kalemliğimi, kitaplarımı toplayıp yukarıya çıkıyorum. Çalışmak için masam falan yok, yere oturuyorum, kitaplarımı kanepenin üstüne koyup öyle çalışıyorum, yerde. Yine öyle oturuyorum. Ödevimi tamamlamam lazım ama içimden tuzluk yapmak geliyor. Defterimin ortasını açıp bir sayfa kopartıyorum. Katlıyorum. Seviyorum tuzluk yapmayı, içine sanatçıların adını yazıyoruz, gitmek istediğimiz tatil yerlerini, sınıftaki gıcık oğlanların ismini yazıyoruz Nihal'le. Sonra kalem almak için kalem kutumu açıyorum, donup kalıyorum. Dolmakalem çatlamış, içinden mürekkep akmış. Önce bez kalem kutuma geçmiş, sonra kanepeye. Kanepenin üstünde kocaman bir mürekkep lekesi bana bakıyor. Kalbim hızlanıyor. Silince belki çıkar diye, mutfaktan sarı bezi alıp geliyorum. Zorluyorum ama çıkmıyor, ıslanınca daha da dağılıyor. Kalbim gittikçe daha çok hızlanıyor, ellerim titriyor, çizgisiz kâğıttaki bütün harfler yerlerinden çıkıp kum gibi doluyor gözlerime. Mürekkep daha da yayılıyor. Sanki büyüyor, büyüyor, büyüyor, bütün ev mürekkep lekesine dönüşüyor. Annem görmesin diye kırlenti koyuyorum üstüne. Bu kez de kırlente bulaşıyor leke. Kalbim... Söylersem belki kızmaz, saklamazsam kızmaz diye düşünüyorum. Mutfakta televizyon izliyor annem, sarı bezi aldığımı görmeyecek kadar kendinden geçmiş halde izliyor. “Anne fark etmeden oldu, koltuğa mürekkep aktı, bilerek yapmadım” diyorum. Kumandayı tezgâhın üstüne atıp odaya geliyor. Mürekkepli yeri görünce kafama vuruyor. “Yalatırım çocuk sana bunu” deyip saçlarımdan tuttuğu gibi ağzımı kanepeye bastırıyor. Başımı kaldırdığımda kapıda dikilen Nihal'i görüyorum. “Çizgili kâğıdını bizde unutmuşsun” diyor. Dudaklarımdaki mürekkep lekesiyle Nihal'e bakıyorum, kâğıdı oraya bırakıp koşarak evine gidiyor. Annem sonra balkona çıkıp ağlıyor. Zaten hep orada ağlıyor.

Bir Ramazan akşamı var aklımda. Annem salonda, bacaklarını altına toplamış, koltuğa yaslanmış Yasin okuyor. Mutfağa gidiyorum, masanın üstünde kuru üzüm ve leblebi var. Onları yiyorum. Bana "Nurşeeeen" diye sesleniyor annem. Çok güzel sesleniyor, çok sevgi dolu. Hiç duymadığım kadar güzel söylüyor adımı. "Nurşeeen gel yavrum..." Avcumdaki bütün leblebileri ağzıma atıyorum hızlıca, koşarak gidiyorum içeriye. Annemin önünde duruyorum. "Anne" diyorum. "Nurşen" diyor, ama çağırdığı ben değilmişim gibi boş bakıyor bana. "Anne." Sonra yüzünde daha önce hiç görmediğim o gülümseme, sesinde hiç duymadığım o ince tını, gözlerindeki o ışıltı gidiyor bana bakarken. Üstüne gülen yüz çizilmiş bir balonun ağır çekimde sönüşü gibi sönüyor annemin yüzü. "Hadi babaannene in sen" diyor bana her zamanki soğuk sesiyle. Ağzımdaki bir avuç leblebi eziği geçmiyor boğazımdan, yutamıyorum. Merdivendeki kilimin altına çıkartıyorum ağzımdaki leblebileri, ilk basamağa. O gün yutamadığım, boğazıma takılan, kursağımda kalan o şeyin "hevesim" olduğunu yıllar sonra anlıyorum.

Annemi gözümde canlandırmaya çalıştığımda –bunu çok sık yapmıyorum– onu balkonun parmaklıklarına sarılmış ağlarken görüyorum. Babamı düşündüğümde sabahları erkenden evden çıkan, gece yarısı eve gelen, pazar günleri tüm gün uyuyan, zeytin çekirdeklerini suratımıza tükürür gibi tabağa tüküren bir adam geliyor gözlerimin önüne. Onun dışında en canlı anılar, babaanneme, sütanneme ve Nihal'e ait.

Bir gün babaannem de uçup gidiyor. Bir yaz babaannemin köyüne gidiyoruz. Hiç olmadığı kadar mutlu babaannem. Kısır yiyorlar bahçede, marul yapraklarına sarıp sarıp kısır yiyorlar. Nihal'le birlikte içerdeyiz, onlar bahçedeler. Bir ara bir bağırtı duyuyoruz, bağırıyorlar, koşuyorlar, bir şeyler oluyor.

Bahçe kapısından birileri girip çıkıyor, herkes koşuyor. "Dilini, dilini", "arı", "kısır yerken", "ayyyyy", "gittiiiii" diyorlar. Bir an bir sessizlik oluyor, çok kısa bir sessizlik, o sessizlikte ölüyor babaannem. Bahçedeki çiçeklerden bir arı kanatlanıyor, Nurşen'in tek dayanağını da alayım, deyip marul yaprağına gizleniyor. İntihar saldırısı arının yaptığı, kendini öldürürken, babaannemi, babaannemi öldürürken beni de öldürüyor. Bu çok canlı bir anı. Babaannem bahçede boylu boyunca yatıyor, kısır tepsisi dökülmüş, marullar yerlerde, insanlar ağlaşıyor, Nihal'le birbirimize sarılıp ağlıyoruz. Sonra, mevlitte gülsuyu döküyoruz gelenlere, herkes sarılıyor bana, saçlarımı okşuyor. Mevlit hiç bitmesin istiyorum, hep gülsuyu dökeyim...

Babaannemin cenazesinden sekiz ay sonra Ramazan bayramındayız. Babam "Hazırlanın mezarlığa gidecekmişiz" diyor. Kendi fikri değil, amcam demiş belli ki. Sekiz ay sonra ilk kez babaannemi göreceğim. Sütannem iniyor kapının önüne, eşarbını takmış. Annemin bizimle geleceğine ihtimal vermiyorum, ama hemen arkasından annem de iniyor, o da eşarp takmış. Normalde takmıyor, şaşırıyorum. Üstüne uzun bir hırka giymiş, annem mutlu görünüyor. Garip ama mutlu görünüyor. Sanki gülüyor bile ya da bana öyle geliyor.

İlk kez mezarlığa gidiyoruz, Nihal de ben de. Amcamın arabasından inip içeriye doğru yürüyoruz. Kol kola giriyoruz Nihal'le. Korkumuzu dağıtmak için gülüyoruz, kikirdiyoruz. Sütannem bize bakıp kaş göz işareti yapıyor. Babam ve amcam öndeler. Bir mezarın önünde duruyorlar. Ragıp Durmuş, yazıyor mezar taşında. Dedem. Babaanneme bizi de götür dediğimizde, "Siz daha küçüksünüz, büyüyünce gidersiniz" dediği Ragıp Dedemin mezarı. Yanında bir mezar daha. Necibe Durmuş, babaannem. Sütannem babaannemin mezarındaki otları yoluyor. Annem yok. Etrafa bakınıyorum.

Dedemle babaannemin mezarının karşısında küçük bir tümseğe kapanmış ağlıyor. Nihal'in kolunu bırakıyorum, kendimi bırakıyorum, her şeyi bırakıyorum. Mezarda benim ismim yazıyor. Nurşen Durmuş. Ben doğmadan beş sene önce doğmuşum, ben doğduğum sene ölmüşüm. Bana ne olmuş, anlamıyorum. Ölüm sessizliğinin yaşanabileceği en makul yerdeyiz. Babamla amcam dedemin mezarında, Nihal'le ikimiz çivilenmiş gibi, benim mezarıma sarılmış ağlayan anneme bakıyoruz. Annem toprağıma sarılmış ağlıyor. Anneme doğru yürüyorum, omzundan tutup "Anne ben ölmedim ki, yaşıyorum ben" diyorum saf saf. Annem başını mezardan kaldırıp suratıma koca bir tokat bırakıyor. Mezarımın toprağı yanağıma yapışıyor. Mezarımın başında, yer yarılsa içine girsem, yok olsam, bitsem, silinsem istiyorum. Ne olduğunu anlayamıyorum.

Sütannem yetişiyor, zaten bir tek o yetişiyor. Kolumdan tutup "Gel kızım" diyor. Nihal'e der gibi kızım diyor hem de. Ağlıyorum. Nihal de ağlıyor. Sütannem de ağlıyor. Neden ağladığımı bilmeden, bütün ölmüşlerin ruhuna gözyaşı akıtıyorum mezarlıkta. Taşları okuyorum göz ucuyla, hüvelbaki... Sanki her mezar benim mezarımmış, sanki her mezar beni yutacakmış gibi geliyor. Bir çeşme görüyor sütannem, "hah çeşme, şükür çeşme, ohhh çeşme" diyor bizi oraya doğru sürüklerken. Mezar olmayan tek taş yığını o çeşme. Bilmem kimin hayratı. Sanki çeşme aramaya çıkmışız da yolumuz mezarlıktan geçmiş gibi sarılıyor çeşmeye sütannem. "İç kızım" diyor, "iç yavrum, çok korktun; iç annem. Nihal sen de iç annem, için kuzum" diyor. Zorla dayıyor ağzımızı çeşmeye. Elimizi yüzümüzü yıkıyor. Yanaklarımızdan gözyaşları, yüzümüzden sular süzülürken o gün anlatıyor sütannem her şeyi. On iki yaşımın ilk günlerinde öğreniyorum dünyaya gelmiş tek Nurşen Durmuş'un ben olmadığımı.

Benden beş sene önce doğmuş, çok güzelmiş. Anneme benziyormuş. Ben babama benziyorum, hem de çok. Sarı ve kıvırcık saçları varmış, ben esmerim. Tatlı dilli, konuşkan, kendini zorla sevdiren bir çocukmuş. Ben değilim. Ben de kendimi zorla sevdiriyorum ama o manada değil. Annem bana hamileymiş. Zor bir hamilelikmiş, hep öğürüyor, çok kusuyormuş. Ayakları, bacakları şişmiş. Bir gün yine bulantısı olmuş, banyoya girmiş, kusmuş, kusmuş, bağıra bağıra kusmuş. Korkmuş Nurşen annesinin sesinden. Babaannesine yani benim babaanneme seslenmek istemiş. Balkon kapısı açıkmış. "Babaanne" demiş, babaanneme. Duyuramamış sesini. Daha çok bağırmış, eğilmiş, az daha, az daha. Düşmüş.

Annem banyodan saçları dağınık, beti benzi atık çıkmış. Nurşen'e seslenmiş. "Yavrum" mu demiştir acaba, "kızım" mı, "canım" mı? Bilmiyorum. Sesine karşılık aşağıdan çığlıklar gelmiş. Beti benzi yerine gelmemiş bir daha annemin. Nurşen orada gitmiş, annem orada gitmiş, ikisi birlikte ölmüşler. Bana annemin posası kalmış. Benim yıllardır anne diye bildiğim, Nurşen'in enkazıymış. Benim yüzümden girmiş banyoya, benim yüzümden kusmuş. Belli ki bu yüzden midesi bulanarak bakmış hep bana. İçinden gelmemiş belli ki beni sevmek. Belli ki onun için bu dünyada bir tek Nurşen varmış.

Nurşen'i ambulansla almaya gelmişler öldüğünü bile bile. Annemi başka bir ambulansa bindirmişler. O gün, o acıyla birlikte, olması gerekenden daha erken gelmişim dünyaya. Annem beni kucağına almadan çıkmış ertesi gün hastaneden. Bir daha da hiç almamış zaten. Sütannem lohusaymış. Benim de sütüm kesilir diye çok korktum diyor. Neyse ki kesilmedi, ikinize birden yetti sütüm... Babaannem bana büyük kazık atmış. "Allah bir Nurşen'imizi aldı, bir Nurşen verdi bize" demiş. İsmimi Nurşen koymuşlar, sanki başka isim kalmamış gibi. Kulağıma üç kez bir lanet fısıldamışlar. "Öl Nurşen, öl Nurşen, öl Nurşen..." Nurşen öldüğünde ben doğmuşum, ben doğduğumda zaten ölmüşüm.

O gün mezarlıktan dönerken Nurşen'in hayaleti de bindi arabaya. Bana hep evde üç kişi olmamıza rağmen, daha kalabalıkmışız, ben fazlaymışım gibi gelirdi, o gün anladım neden olduğunu. İyice sıkıştık arabaya. Biz sütannemin iki yanına yerleştik Nihal'le. Annem Nurşen'in hayaletini kucağına oturttu. Eve de geldi, gördüm. Gece annemle yattı, onun koynunda. Sanıyorum ki, her gece oradaydı da ben görmüyordum, ben bilmiyordum.

O yıl, devlet parasız yatılı sınavı için duyuru yaptı öğretmenimiz. O sınava girmek istediğimi söyledim öğretmene, yalvardım hatta. Çalıştım, çok çalıştım ve kazandım. Anneme, babamı Nurşen'le birlikte bırakıp çıktım evden.

Okulun ilk günü, ilk ders... Herkes ayağa kalktı, adını söyledi. Eski okulumuzdaki gibi annen ne iş yapıyor, baban ne iş yapıyor sorusu da yok. Kısa sürdü tanışma merasimi. Sıra bana geldiğinde, ismimi söyledim. Kalbim hızlandı, çok hızlandı. "Ayşen Durmuş" dedim. Öğretmen yoklama kâğıdında ismimi aradı, bana baktı, tekrar listeye baktı. "Öğretmenim kimlikte Nurşen ama herkes bana Ayşen der" dedim yutkunarak. Öğretmen üstünde durmadı, dolmakaleminin kapağını çıkarttı, Nurşen'in üzerine kocaman bir çizgi çekti. Yanına Ayşen yazdı. Dolmakalemden tek bir mürekkep damlası bile damlamadı kâğıda. Öyle muntazam yazdı...

Bütün bir geçmişin üzerini çizer gibi yazdı: Ayşen Durmuş.

Vecdi Çiçek Açtı

Allah taksiratını affetsin, bugüne kadar hiç görmediğimiz Vecdi Enişte'yi kaybettik. Enişteyi hiç görmemiş olsak da taksiratı hakkında hayli bilgi sahibiyiz. Hesabı öbür dünyada görülecektir elbet ama biz şahsen bu dünyada kalem kalem bütün taksiratı işledik. Hani bir yolu olsa da eldeki listeyi öbür dünyaya gönderebilsek, valla biz konuya bu kadar vakıf değildik dedirtecek kadar mebzul miktarda taksirat söz konusu.

Vecdi Enişte'nin elimizde bir tek fotoğrafı var. Pos bıyıklı, gür siyah saçlı, uzun kirpikli, jön bir Vecdi'ymiş gençliğinde, fotoğraf buna işaret ediyor. Çok ısrar edersek, Refiye Teyzem yatak odasından çıkartıp getirirdi fotoğrafı; gösterir, her seferinde başka bir şerefsizlik timsali hikâye anlatır, biraz gözyaşı döker, "Hayattaysa bana çektirdiklerinin beş beterini çeksin inşallah" der, fotoğrafı götürüp yerine koyardı.

Refiye Teyzem, annemin büyük ablası. Annem ve ondan hariç dört kız, iki oğlan daha var Vecdi Enişteme sövenler listesinde. Onların eşlerini ve çocuklarını da sayarsak kadro bir hayli kabarık. Bayram yemeklerinin olmazsa olmazıdır bizim ailede; herkes toplanır, bayramlaşır, bütün enişteler bacanak şöyle, bacanak böyle diye muhabbete sarar. Kahveler içilirken Refiye Teyzem açılışı yapar: "Allah belanı versin Vecdi" der ve saz elden ele bütün aileyi dolaşır. Vecihe Ablam ve Sedat Abim içlerinden geçeni söyledikten sonra Refiye Teyzem, "Öyle demeyin yavrum, ne de olsa babanız, bugün çıkıp gelse, gene siz bakacaksınız" der. Sedat Abim, "Hadi be sen de, ne babası, ne bakması" der ve böylece Vecdi Enişte'ye dair bayram programımız sonlanır. Dedem bize kızınca "Vecdi" der, yani o derece küfür gibidir ismi dilimizde.

Baştan Refiye Teyzemi vermeye pek gönüllü değilmiş dedem dinlediğim kadarıyla. Fakat bu Vecdi'deki ikna kabiliyeti dillere destan, öyle böyle değil. Daha kızı istemeye geldiklerinde "Baba!" diye sarılmış dedemin eline. "Beş Adımda Etkili Kız İsteme" kitabı yazılsa, yazarı garanti Vecdi Enişte olurdu. Dedeme diyor, Almanya'ya gitmek için sıraya girdim, orada bir fabrika istiyor beni, hususi istiyor, diyor. Türk hükümetine "Vecdi Kartal'ı bilhassa istiyoruz" diye telgraf çekmişler diyor. Çok iyi bir aylıkla başlayacağım. Dört seneliğine anlaştım, dört sene çalışır, paramı kazanır gelirim; Refiye'yi yanıma aldıracağım bir seneye, diyor. Ben oradan para gönderirim, siz buradan bize tarla alırsınız, benim anam babam yok, biliyorsunuz, siz benim babam yerindesiniz, biz çoluk çocuk dönünce, sizin aldığınız tarlaları hep beraber ekip biçeriz, falan diye döşüyor senaryoyu. Kız istemeye diye gelip, konuyu çoluk çocuk Almanya'dan kesin dönüş yaptıkları bir sonuca bağlayınca, dedem de tüm bunlar sahiden yaşanmış hissine kapılıp, "Kızı aldı Almanya'ya götürdü, çocuk da yaptılar, bundan sonra kime verelim biz bu kızı" diye düşünüp vermiş Refiye Teyzemi. Söz kesilmiş, duyurulmuş. Düğün yapmaları gerekiyor tabii. Vecdi demiş ki "Baba ben şimdi düğün yaparım yapmasına ama çok masraf, o parayla Refiye'ye bilezik alırız, yarın tarlalara traktör lazım, altın değerleniyor neticede, Almanya'dan dönünce traktörü alırız altınları satıp, düğün yapsak şimdi milleti doyur, sula, çalgısı, algısı, gelinliği, damatlığı... Benim ettiğim masraf kadar sen de masraf edeceksin baba, paran cebinde dursun, bak geride yedi çocuğun daha var, hükümet bas bas bağırıyor, para yok" diye allem edip kallem edip bir muhtar nikâhıyla kapatmış işi; "Uygun Fiyata Nikâh Çözümleri" kitabının başlığını da atmış. Nikâh dedemlerin evde kıyılmış, nikâhtan sonra herkes bekliyor ki bunlar kalkıp gitsinler. Fakat oturdukça oturuyor Vecdi Paşa. Dedem artık dayanamayıp soruyor, "Evladım, siz evinize gitmeyecek misiniz?" Bizimki, "Baba şimdi ben bir ev açarım bize, orada sorun yok, bütün evler bizim de, zaten Almanya'ya gideceğim, Refiye tek başına kalmasın evde, hırlısı hırsızı var, sizde kalır. Hem anneme de yardım eder burda. E, zaten benim Almanya işi eli kulağında, bugün yarın çağırırlar, boş yere kira vermeyelim şimdi, o zamana kadar sizde kalırız diye düşündüm, hık mık" derken seriyor postu dedemlerin eve. E, çocuklar yeni evli, bunları şimdi salonda yatırmak olmaz deyip ilk kızına ve ilk damadına güzelim yatak odasını veriyor dedemle anneannem. "Nasıl Daha Kolay İç Güveysi Olunur?" kitabının giriş bölümüne böylece başlıyor Uyanık Vecdi.

Sonraki üç yıl boyunca ha bugün çağırırlar, ha yarın çağırırlar bunu Almanya'ya diye beklemiş bizimkiler ama arayan soran olmamış. "Hani oğlum, bilhassa seni istiyorlardı, neden gitmiyorsun sen?" dediklerinde "Geçen gün haber geldi, işlemler aksamış, aman Vecdi Bey, sakın başka bir işe girme, biz seni bekliyoruz, sonra işten ayrılman sorun olur, az daha sık dişini dediler" diye oyalamış bizimkileri. Ekmek dedemden, su anneannemden, geri kalan her şey Refiye Teyzemden sere sere yaşamış Vecdi Beyciğim evde.

Burada müsaadenizle mikrofonu anneanneme uzatmak istiyorum, hissiyatını tam olarak nakledemiyorum çünkü:

"Evde benim Refiye'den hariç dört kızım daha var, hepsi de yetişmiş genç kız. Sabahtan akşama kadar evde bir enişte. Kahveye de gitmez, sokağa da çıkmaz. Ben böyle iyiyim der oturur dedenin minderine o gittikten sonra. Kızlara tedbir koydum, eniştеniz evdeyken ortalıkta görünmeyeceksiniz dedim. Enişte hep evde, nereye saklansın yavrucaklar? Bu Vecdi'deki göz de göz değil, Allah günah yazmasın, aslan gibi oturuyor minderin üstünde, kızlardan birini kapıverecek diye aklım çıkıyor Allah affetsin. Selime'yi o sene ilk isteyene verdim. Neyse ki hayırlı çıktı talibi. Ama Allah biliyor ya, çok korktum Vecdi gibi çıkarsa, o da kalırsa üstümüze diye. Selime'den hemen sonra Vesile'yi nişanladık. Hep bu Vecdi yüzünden verdik kızları. Hele Vesilemin kaderi... Ah Vesilem ah..."

Evliliklerinin ilk senesi Refiye Teyzem, hamile kalıyor, Sedat Abi dünyaya geliyor. Dedem ve anneannem Refiye evlendi, bir boğaz eksildi evden diye düşünürken, iki boğaz daha ekleniyor. Vecdi Beyciğimde hâlâ tık yok, çalışayım demek yok. İkinci yıl, dedem kolundan tutup tarlaya götürüyor Vecdi'yi. "Sen de benimle birlikte çalışacaksın" diyor. "Al şu kazmayı küreği, hadi bakalım tarlaya." "Şimdi baba" diyor bu, "ben seninle çalışırım, ne demek, başım üstüne, ama bir düşün eller ne der? Koskoca Şaban Ağa, damadını öküz gibi çifte sürüyor, demezler mi? Derler. Senin köy dışında bir tarlan daha yok muydu, öyle duydum sanki. Sen o tarlayı bana ver, ben ekip biçeyim, mahsulü de senin olsun, geliri de. Çalışırım, hiç gocunmam. Tek ne sana laf gelsin, ne bana" diyor, daha başka şeyler de eklemiştir garanti. Nasıl ikna olduğunu dedemden dinleyelim:

"Bu deyyus, bize geldi, yerleşti. Evden dışarıya çıkmaz. Ben çalışıyorum, hanım çalışıyor, kızlar, oğlanlar, yaşlarına bakmayıp çalışıyorlar. Bunda bir numara yok. Ver yesin, ört uyusun. Götüreyim şunu tarlaya, çalıştırayım zorla dedim. Koskoca Şaban Ağa, damadını çalıştırıyor, demezler mi, dedi. Koskoca Şaban Ağa falan değilim, Şaban Ağa bile değilim, Şaban'ım. Sabahtan akşama tarlada çift süren, eve ekmek yetiştiremeyen Şaban'ım. Ama ikna oldum. Hoşuma gitti. Gitsin dedim, aşağıdaki tarlada çalışsın. Oraya kavak dikelim dedik, onu bile başa çıkaramadık. Boş duruyordu birkaç senedir, Vecdi eksin, hiç değilse evden savuşup gitsin, dedik. Verdim tarlayı, fasulye ekeceğim dedi. Gittim baktım, ekmiş. İlerilere gitmedim, bak bak, tarlayı verdi, denetliyor, der diye. Haysiyete önem veririz biz, çocuk itibar etmedik sanmasın dedim. Ne bileyim pezevengin fasulyelerin arkasına kenevir ektiğini."

Önden bakınca fasulye tarlası, arka taraf komple kenevir. Köylülerden biri fark ediyor, tarlaya sınırı var adamın. Bir şey olur da benim tarlaya da sıçrar, pisipisine biz de gümbürtüye gitmeyelim diye arıyor jandarmayı, diyor "Şu şu kişiye ait, şu şu tarlada kenevir yetiştiriyorlar." Jandarmaya aksiyon lazım zaten, olay yok. Toplanıp geliyorlar tarlaya, baskın. Hakikaten kenevir dolu tarla. Vecdi'yi değil, dedemi buluyorlar tabii. Dedem Vecdi'yi işaret ediyor, diyor ki bu adam ekti. Vecdi "Ben ektim tamam ama sorun bakalım niye ektim? Ben iç güveysiyim, tarla babamın. Ek dedi, ektim. Kendi kullanıyor, satmıyoruz, satsak eker miyim hiç komutanım. Asla. Kendi tarlası, kendi kullanacak, bir şey olmaz diye düşündüm, ektim. Saflığıma geldi komutanım. Bir daha asla" diyor. Böylece çıkıyor işin içinden "Beş Cümlede İftira Atma Sanatı"nın yazarı Vecdi Kartal. İzin belgesi almadan kenevir yetiştiriciliği yaptığı için adli para cezasına çarptırılıyor dedem, bu bir. Tarladaki kenevirin imhası gerekiyor, imha masrafları kanun gereği dedeme yükleniyor, bu iki. Münhasıran kendi kullanımı için ihtiyaç duyduğu esrarı elde etmek amacıyla kenevir ekimi yaptığı suçlamasıyla bir yıldan üç yıla hapis cezasıyla yargılanıyor dedem, bu üç. Neticede damadı evde oturmasın dışarı çıksın diye tarlayı damada veren dedem, kendisi içeri giriyor ve bir yıl hapis yatıyor.

O bir yılda neler oluyor, bunu Refiye Teyzemden dinleyelim:

"Sedat bir yaşında ya var ya yok. Babamı alıp götürdüler, eldeki para cezaya gitti, zaten doğru dürüst paramız yok. Evde çoluk çocuk, sefil. Annem ağlayıp duruyor bütün gün. Ağlamayıp ne yapacak, hepimiz ağlıyoruz. Vecdi dışında herkes sefil. O hâlâ 'Babam böyle bir şeyi nasıl yaptı, nasıl inandım ben ona, az kalsın ben de giriyordum hapse' deyip duruyor. Kendi inandı, bizi de inandıracak. Nitekim Vesile'nin nişanlısını inandırdı. Oğlanın ana babası, babam içeri girdi, bir de esrarkeş çıktı diye attılar Vesile'nin nişanını. Kolay iş değil köy yerinde nişanı atılmak. Bak elli yaşına girdi Vesile Teyzen hâlâ bekâr. İsteyen olmadı, isteyen olmayınca kız verilmiyor buralarda. Babam hapisten çıkana kadar bizi idare etsin diye, tarlalardan birini içindeki mahsulüyle sattık o yaz. Bedavaya gitti. Vecdi yüzünden. Üç tarlamız vardı, birini o sene sattık, biri kenevirli tarla, adı çıktı. Babam ben o tarlaya bir şey ekmem, satıp parasını da yemem, uğursuz o tarla, gözden çıkarttım, yok bilin, dedi. Uğursuz olan Vecdi aslında ama işte, evlat belasına bir şey diyemedi babam. Neticede kızının kocası, torununun da babası. O sene olmayacak şey oldu, bir de Vecihe'ye hamile kaldım. Kahrımdan öldüğüm bir yıldır babamın hapse girdiği yıl. Ailemizin başına gelen her şeyden kendimi mesul tuttum. Ben o şerefsizle evlenmeseydim, bunların hiçbiri olmazdı, dedim ama ben istemedim ki evlenmeyi, beni de babam verdi. Yoksa tanımam etmem Vecdi'yi."

Dedemin hapisten çıkmasına birkaç ay kala, şans eseri, cidden şans eseri, sıra geliyor Vecdi Enişte'ye. Topluyor valizini, ben Almanya'ya gidiyorum, diye çıkıyor evden. Tarla parasından da tırtıklıyor. Yanımda bulunsun, ilk ay şimdi gurbet elde zor yaşarım, sonra zaten yüksek maaş alırım, hepinize bakarım diyor. Mark olarak mı göndereyim size, Türk parası mı olarak mı diyor demokrasisine yandığım. Alıyor parayı, basıp gidiyor. Sonraki beş yıl, Vecdi'siz, sorunsuz, kısmen dertsiz bir hayat. Yokluğu, fakirliği, hastalığı dertten saymıyor bizimkiler, tek Vecdi olmasın, gerisini hallederiz psikolojisindeler.

Beş yıl sonra çat kapı çıkıp geliyor Vecdi, elinde iki valizle. Beş sene boyunca arayıp sormamış, tek bir haber yok, mektup yok, Vecihe ve Sedat dışında Vecdi'yi soran da yok ama çıkıp geliyor işte. Valizden çikolatalar çıkıyor, içi ballı şekerler, dedeme sigara getiriyor, anneanneme kumaş, evdeki herkese hediyeler. Kimsenin yüzü gülmüyor çocuklar dışında. Dedem tam "Nerdesin lan sen yıllardır?" diye dikleneceği sırada, "Neden mektuplarıma hiç cevap vermediniz, neden evlatlarımdan mahrum bıraktınız beni, ben gurbet elde bir başıma onların hasretiyle yanıp tutuşurken, siz burada benim evlatlarımı bile bile babasız bıraktınız" diye üste çıkıyor zeytinyağı Vecdi. "Senden hiç mektup gelmedi ki?" diyebiliyor sadece dedem. "Okudun mektupları da göstermedin Refiyeme, mektupla yolladığım markları cukkaladın di'mi, esrar aldın kendine, değil mi ki karımın babası, değil mi evlatlarımın dedesisin sesimi çıkartmıyorum, şükret ki Refiyemi çok seviyorum..." diye üste çıkıp bir de tepiniyor dedemin üstünde. Bizimkilere iki sene gibi gelen bir üç hafta geçiriyor evde, sıdkını sıyırıyor insanların.

Bir akşam ağzından baklayı çıkartıyor Vecdi, giderken ailemi yanımda götüreceğim, diyor. Düşünüyor dedem, Vecdi şerefsizdir ama aile birliği de her şeyden önemlidir, götürsün, çocuklar babalarıyla büyüsünler, diye karar veriyor ve "Götürebilirsin" diyor. Zaten soran da yok. Adamın nikâhlı karısı ve öz çocukları. Refiye Teyzemin işlemlerini başlatıyor, hazırlamış zaten her şeyi önceden. Fakat çocuklar için herhangi bir muamele yok. Soruyor Refiye Teyzem, "Peki çocuklar?" "Onları" diyor, "bu yıl kabul etmiyor Alman hükümeti, onlar seneye gelecekler."

Bu bölümde müsaadenizle mikrofonu Sedat Abime uzatalım:

"Babamı biz hiç hatırlamıyorduk. Vecihe de ben de çok küçükmüşüm gittiğinde. Baba kim, diye sorduğumuzda annem bir fotoğraf çıkartıp gösterirdi, ama yine de biz dedemi baba bilirdik. O fotoğraftaki adamın babam olduğuna inanmazdım. Annem, teyzemler, dayımlar baba diyorlar ya dedeme, biz de öyle derdik. Bir gün bir adam geldi eve. 'Bu senin baban' dediler. Öyle karşıdan durup baktığımı hatırlıyorum. Bize çikolata getirmiş, o zamana kadar hiç böyle bir şey yememişiz. Anladım ki baba tatlı bir şeymiş. Ama sonra annemi aldı gitti. Babasızdık, bir de anasız kaldık. Anneanneme anne dedim ben, annem olmadığını bile bile. Hâlâ öyle diyorum, başkasına alışamıyor dilim. Annem üzülüyor biliyorum ama alışmışız bir kere. İlkokula başladım ben o sene, anasız. İlkokulu bitirdim, anasız. O beş yıl, annem yok, babam yok. Vecihe'yle ikimiz yorganın altına girip ağlardık. Biz de gideceğiz, annem bizi bırakmaz, der kandırırdım Vecihe'yi. Ama gidemedik, sonra annem geldi."

"Yirmi Bir Günde İnsan Hayatının İçine Sıçma" akımının öncülerinden Vecdi Kartal, hiç gelmeseymiş daha iyiymiş diyeceğimiz o üç haftalık iznin sonunda Refiye Teyzemi almış gitmiş; iki evladına annesiz bir çocukluk yaşatmış. Teyzem hep "Ben o Almanya'da ölmedim ya, daha da ölmem" der. Gidince çalışmayı bırakmış bu Vecdi, teyzemi fabrikada çalıştırmış, izin günlerinde oturdukları apartmanın temizliğini yaptırmış, geceleri Türklerin çalıştırdığı restoranlarda bulaşık yıkatmış. "Yasaktı Almanya'da böyle şeyler, ama yasak masak dinlemezdi bu Vecdi; Almanya'yı bile karıştırdı" diye anlatır o günleri teyzem. Dil bilmediği için hiç kimseye derdini anlatamadığına mı yansın, it gibi çalıştığına mı, memleketini özlediğine mi, evlatlarının hasretiyle yandığına mı? Hayatının en çaresiz, en yalnız, en yorgun beş yılını geçirmiş ve bir gün canına tak edip atmış fabrikadaki makinelerden birinin altına kendini. Nasıl bezdiyse hayattan artık, gözü bir şey görmüyormuş. Ana babası var ama arayamıyor. Evladı var ama göremiyor, bakamıyor. Hayvan gibi her işe koşuyor Vecdi, teyzemi ama cebinde bir kuruş parası yok. En son... Durun, bu kısmı Refiye Teyzemden dinleyelim:

"En son, o bulaşık yıkamaya gittiğim lokantalardan birinde, lokantanın sahibi geldi. Geç vakit. Mutfakta bir ben varım, bir de bir aşçı. Aşçıya kaş göz etti, çıktı dışarı. Bana yanaştı adam. Tezgâhta bıçaklar var, çektim birini. Dedim 'Yaklaşma sokarım bıçağı.' Yapabilir miydim bilmiyorum ama yapardım herhalde. Adam geri çekildi, mutfaktan çıktı. O an diyorum, inşallah Vecdi beni almaya erken gelir, alır götürür beni. Kendimi mutfaktan dışarı zor attım. Bir baktım ki adamla ikisi oturmuş bira içiyorlar. O adamla Vecdi'nin bakışlarını hiç unutmuyorum, anladım ki haberi vardı Vecdi'nin. O günün sabahında işe gittim, gözlerim kan çanağı. Büyük büyük makineler var fabrikada, bize her gün anlatıyorlar, şuraya dikkat edin, buraya dikkat edin, buraya yaklaşmayın, diye. Yaklaşmayın dedikleri yerde attım kendimi makinenin altına. Vatanımı kaybetmişim, anamı babamı kaybetmişim, evlatlarımı kaybetmişim, bari namusumu kaybetmeyeyim, dedim."

Hikâyenin evvelinden anlayacağınız üzere ölmemiş Refiye Teyzem, hatta hayata yeniden bağlanmış o kazadan sonra. Alman hükümeti tedavi ettirmiş teyzemi, ülkesine geri göndermiş, bir de maaş bağlamış üstelik. Körün istediği bir göz, Allah vermiş iki göz. Vecdi Almanya'da kalmış, böylece ondan kurtulduğunu sanmış teyzem. Geldiğinde otuzlu yaşlarında, bir bacağı topal, dünyanın yükünü sırtlamış bir anne bulmuş çocukları karşılarında. Gerisini Vecihe Ablamdan dinleyelim:

"Annem geldi ama, tekerlekli sandalyeyle geldi. Bilmiyorum ki, o nasıl bir şey. Hiç görmedim daha önce tekerlekli sandalye. Boyu tam boyumca, o oturduğu için. Herhalde dedim, araba gibi bir şey bu. Bunu sürerek gelmiş Almanya'dan. Göz göze duruyoruz öyle, 'Gel kucağıma otur' dedi annem. Çıkıp oturdum kucağına. Belki bacağı acımıştır ama ses etmedi. Sarıldık, öptü beni. 'Anne oyun oynayalım mı?' dedim. Hep bugünü beklemişim. 'Olur' dedi, 'oynayalım. Ne oynayalım yavrum söyle?' dedi. 'Kovalanbaç' dedim. 'Ben kaçayım, sen beni kovala, ama koşarak...' Ağlamaya başladı sonra annem. Çok ağladı."

Sonra Refiye Teyzem, Almanya'da bağlanan aylıkla büyütmüş çocuklarını. Bacağı var, ama yürüyemediği için bacaksız kalmış. Kocası var, ama ortada olmadığı için yarı dul kalmış. Günün birinde çıkıp gelen bir adam var. Kızını bekârım diye kandırıp kaçıran, sonra da iki çocuk yapan Vecdi'nin boşanıp boşanmadığını teyit etmek için teyzemi bulmaya geldiği günleri ve o olayları, başka bir kadının mahremi olması dolayısıyla tafsilatlı anlatmıyorum. Anladınız siz "Birden Fazla Kadınla Ahlaksız Yaşam" isimli bestseller kitabın müellifinin kim olduğunu.

Kendisinden bu son darbesiyle kurtulduğunu sanmış bizimkiler, peşine de düşmemişler. Peşine düşmeyi geç, adını bile anmamışlar, akıllarından geçirmemeye çalışmışlar. Olayların üzerinden yirmi yıl falan geçip de yaşananlar gülerek anlatılmaya başlanınca biz de duymaya başladık Vecdi Enişte'yi. Acıyı çekerken çekiyorsun, anlatırken gözyaşların senden önce konuşuyor. Yıllar içinde alışıyorsun, her geçen gün daha çok alışıyorsun. Bir zaman sonra başkasının hikâyesi gibi anlatmaya başlıyorsun, sanki sen yaşamamışsın, sanki sen çekmemişsin gibi.

Geçen ay Vecdi Enişte'yi kaybettiğimizi Refiye Teyzeme bir telefonla bildirmiş Alman hükümeti. Alman hükümeti işi gücü yokmuş gibi, Almanya'daki Vecdileri takip ediyor böyle. Öleni postalıyor. Bizimkini de böyle postaladı. Haber tüm aileye bomba gibi düştü. Dedem "Ölmemiştir o, yalandır, bu da dalaveredir, gözümle görmeden inanmam" dedi. Anneannem "Almayalım cenazesini, kalsın ortada" dedi. Yufka yüreklilerin bir tanesi Refiye Teyzem, "Benim cenazesini görecek takatim yok, ama değil mi ki çocukların babası, alıp defnetmek gerekir, insanlık bizde kalsın" dedi. Vesile Teyzem "Onun yüzünden evde kaldım" diye ağlamaya başladı. Ortalık bir anda yine Vecdi'ye küfredenler kulübüne dönüştü. Dedem "Ölmemiştir ama öldüyse, ölünün arkasından konuşulmaz, kendinize gelin" dedi, susturdu cemaati. Neticede gidip alma kararına varıldı; Sedat Abim, iki dayım ve babam cenazeyi teslim almak için İstanbul'a gittiler.

Yeri gelmişken babamdan da azıcık bahsedeyim isterim. Ya da durun kendisi bahsetsin:

"Ben ailenin ikinci damadıyım. Benim dışımda üç damat daha var, bir baldızım evlenmedi, bir de işte Vecdi var. Onu damattan saymıyoruz, onu hatta insandan saymıyoruz. Bu Vecdi hepimizin önünü açmış bir adamdır. Onun yaptıkları karşısında bizim hiçbir vukuatımız göze çarpmamıştır. Sonuçta hepimizin biraz içki, biraz kumar, hani ne bileyim, birkaç çapkınlık davası olmuştur ama hepsine 'olur o kadar' deyip geçtiler. Neticede hepimiz insanız ve hiçbirimiz Vecdi değiliz. Cenazeyi almaya giderken konuştuk. Eğer yaşıyorsa ve bu da oyunsa ne yaparız, dedik, sonunda hepimiz Vecdi'yi öldürme kararında birleştik."

Gerçekten ölmüş Vecdi Kartal. Bizimkiler doblonun arkasına yükleyip de getirdiler tabutu. Şimdi burada tabuttan uzun uzun bahsedeceğim, ama bırakayım tabut konuşsun. Çünkü tabut, karşıdan bakınca konuşuyor, o derece güzel:

"Almanya'dan geldim ama dilinizi biliyorum çünkü Muğlalıyım. Maunum, kulplarım pirinç, içim dışım vernikli. Muğla'da üretildim, Almanya'ya ihraç edildim. Tek kullanımlık tabutum ben, öyle diğerleri gibi içine yatır-göm, yatır-göm bir durumum yok yani. Transfer tabutu diyor Almanlar bize. İşte başka memleketlere mevta gönderirken kullanıyorlar. E boş tabutu geri göndermek de tabut parası kadar olacağından, tabut gittiği yerde kalıyor, artık sonumuz ne olur bilinmez. Ben şahsen hep bir Norveçli falan taşırım diye hayal etmiştim. Nedense o insanlara karşı ayrı bir ilgim var. Fakat gele gele Vecdi geldi. Bizde derler hep, taşıdığın insanın günahına göre ağırlık çöker üstüne. Yemin ederim Vecdi gâvur ölüsü gibi oturdu içime. Anladım bunun ne mal olduğunu da, işte taşımam diyemiyorsun. Kimin omuzlarında taşındığın da önemli tabii. Vecdi'yi almaya gelenlerde gram keder yoktu. Çimento çuvalı gibi attılar beni de Vecdi'yi de doblonun arkasına. Dedim başlangıcımız böyleyse, sonumuz hayır olsun inşallah."

Vecdi Enişte gelince dedemlerin iç avluya getirdiler tabutu. Herkes sus pus. "Baktınız mı?" dedi dedem, "ne var tabutun içinde?" Hepsi kafa salladı almaya gidenlerin. Dedem "Bismillahirrahmanirrahim" deyip araladı tabutu. "Ölü gibi" dedi dedem, "inşallah öyledir." Herkes cümleten "İnşallah" dedi. Refiye Teyzem tabutu açıp kapattı. Fakat tabut da tabuttu hani. Maun, vernikli, cayır cayır yanıyor. Kulplar falan birinci sınıf. Biz daha bu zamana kadar böyle kulp görmemişiz. Herkesin gözü ister istemez tabutta kaldı. "Bizim tarla parasıyla kendine tabut yaptırmış" dedi anneannem. Vecdi'ye sövenler alayı, hep bir ağızdan yeniden başladı. Dedem, "Ölünün arkasından konuşulmaz, günahtır" dese de "arkasından konuşmuyoruz, yüzüne söylüyoruz baba" deyip devam ettiler kaymaya. Kızkurularının en kederlisi Vesile Teyzem, "Yalnız tabut da tabut ha, insanın Vecdi Enişte'yi çıkarıp kendi yatası geliyor" dedi. Tövbe de'ler, ağzından yel alsınlar havada uçuştu bir süre. İçimizdeki en aklıselim insan olan annem, "İyi de dedi, defin işleri var. İmamı çağırmak lazım. Sala verdirelim. Biraz da ağlamaklı gözükün canım. Bu ne el âleme karşı. Millet bilmez bu Vecdi'den ne çektiğimizi, cenazeleri var ama bir zil takıp oynamadıkları kaldı, derler. Hadi Refiye, hadi bacım, ağlayın siz biraz" diye zorlu görevi attı Refiye Teyzemle çocuklarına. Başta zorlansa da, çektiklerini anlatmaya başladı, Almanya'da olanları falan. Baktık iyi gidiyor, biz de gaza getirdik. İyice coştu. "Bunun yüzünden gün yüzü görmedim, evlenemedim, kurudum kaldım baba evinde" diye Vesile Teyzem de topa girdi. Baktık, sanki ölen bunun kocası, tabutun önünde ağlıyor. Anneannem tarlaya ağladı, dedem hapse girdiğine, Sedat'la Vecihe babasızlığına; ben bile tutamadım kendimi. Zaten sevgilimden yeni ayrılmışım, acım taze, Vecdi bahanem oldu. İmam geldiğinde hepimizi çeşitli köşelerde ağlarken buldu. "Başınız sağ olsun" dedi, "Sağ ol dedik, dostlar sağ olsun." "Allah sizlere uzun ömür versin" dedi, "Amin" dedik. Bütün aile hep birlikte ağlayınca salaya gerek kalmadı, sesimiz göğü tuttu. Konu komşu akın akın gelmeye başladı. İçlerinden biri "Doktor çağıralım, birer sakinleştirici yapsınlar, perişan halde insancıklar" dedi. Eminim hepimiz içimizden "Yok devenin nalı" dedik. Babam "Atsınlar acılarını, yaşasınlar. İçlerine atarlarsa daha fena, sonra çıkacağına şimdi çıksın" diye geri çevirdi doktor teklifini.

Öyle böyle defnettik cenazeyi. Eve geldik, helva kavurdu annemler. "Helva masrafını da bize taktı rahmetli" dedi annem servis tabaklarını söylene söylene doldururken. Tam tatava bitti, herkes dağıldı derken imam geldi, tekrar. Bu kısmı imamdan dinleyelim:

"Köy camisine iki sene önce atandım. Güzel memleket, sevdim; cemaati de iyi, pek işleri yok namazla niyazla. Tarladalar bütün gün, ben de ezanı okuyup eve dönüyorum. Cumadan cumaya geliyorlar camiye. Yeterli. Çalışmak da ibadet. Fakat ölüsü çok oluyor köyün. 300 hanelik köyde, iki senede 300 kişi yıkamışımdır. Memleketin dört bir yanına dağılmışlar. Âdetleri var, öleni illa köye gömüyorlar. Ne olacaksa! Öldüğü yerde gömülsün işte, ne bu toprak merakı anlamadım ki. Hafta sekiz, gün dokuz buyrun cenaze namazına. Köyün de bir tane tabutu var, asırlık. İçi hep tahtakurusu oyuğu. Şaban Ağa'nın damadı Vecdi Kartal ölünce, Almanya'dan tabutla gönderdiler. Ama ne tabut! İnsanın ölesi geliyor. Cenaze evine geldim mezarlıktan dönünce. Dedim 'Tabutu camiye bağışlayın, kullanalım, camininki çok eski.' Ne yapacaklar zaten tabutu? Saklanacak eşya değil. Fakat rahmetlinin karısı fırladı içerden. 'O tabut bana lazım, katiyen vermem' dedi. Öyle hışımla çıktı ki, ikileyemedim teklifimi. Acı insanı perişan ediyor. Ne dediğini bilmiyor insan acıdan, yoksa ne yapacak tabutu evde?"

İmam gittikten sonra herkes Refiye Teyzeme baktı soru dolu gözlerle. Sedat Abimle Vecihe Ablamı da aldı yanına, "Dur yav ne olur, nereye, anne dur" falan dinlemeden caminin yolunu tuttu. Biraz sonra baktık ki omuzlamışlar boş tabutu, geliyorlar. "Şöyle gölgeye koyalım, hah, duvarın dibine doğru" dedi, bahçe duvarının önüne yerleştirdi tabutu. Kapağını açıp duvara dayadı. Çiçek saksılarını tek tek taşıyıp boşalttı içine. Kimse dokunmadı teyzeme. Hem ağladı, hem çiçek dikti tabutun içine. Vesile Teyzem yardıma gitti, ikisi birlikte hem ağladılar hem diktiler. İşi bitince "Bari öldüğünde bi boka yarasın canına yandığımın adamı" dedi Refiye Teyzem ellerini yıkamak için çeşmeye giderken...

Vecdi'nin tabutu yıllardır orada duruyor; her yaz Vecdi Kartal, aile efradının gözleri önünde çiçek açıyor.

Remzi

O pazar yine Nimet Hanım'ın zil sesiyle uyandık. Zaten her pazar böyle uyanıyorduk; bizim için sıradan bir durumdu. Her pazar dizi çıkmış pijamalarımız, dağınık saçlarımız, leş gibi kokan ağzımız ve yarı açık gözlerimizle, ya Hakan ya ben kapıyı açıyor, Remzi'yi Nimet Hanım'dan teslim alıp, geri yatıyorduk. Remzi'ye olan pazar bakıcılığımız münasebetiyle Nimet Hanım bize kirada iki yüz elli lira indirim yapmıştı. O yüzden yataktan kalkarken "Hay sana da Remzi'ne de" diyor ama kapıyı açtığımızda "tabii Nimet Hanım, evdeyiz biz, merak etmeyin, çıkmayız hayır, yok, dikkat ederiz, tabii, açmayız camları, asla, hiç merak etmeyin" diye geviş getiriyorduk. Remzi'yi masanın üzerine bırakıp tekrar yatağımıza gömülüyor, öğlene kadar malak gibi uyuyorduk. Yani Remzi müsaade ettiği sürece. Remzi'nin keyfi yerindeyse hiç gıkı çıkmaz, arada sırada öpücük atar o kadar. Ama anksiyetesi tavan yaptığında ki bu genellikle pazar günlerine denk gelir, bütün gün "karıcım, karıcım" diye söylenir ve bizim elimizden hiçbir şey gelmez, pazarımız ziyan olur.

Zil sesini duyar duymaz yataktan kalktım, sürünerek kapıya gittim. Kapıyı açınca Nimet Hanım'ın yaşlı gözlerini gördüm. Mendiliyle burnunu siliyordu. Bu evde ikinci senemiz ve Nimet Hanım'ın gözlerinin kuruduğunu daha hiç görmedik. Bir insan hep mi ağlar, evet hep ağlar. Biz şahidiz.

Remzi'yi bana verdi, elini "konuşamıycam" der gibi ağzının etrafında salladı, hıçkırarak apartmandan çıktı.

Bu Nimet Hanım bizi de depresyona soktu iki senede, bir pazar sabahına şöyle pencereleri açıp "Ohhhh hayat ne güzel, dünya ne güzel" diye uyanamadık. Hakan'a da bana da, hüzün enjekte etti resmen. Gülen yüzümüz apartmandan içeri girince soluyor, evde olduğumuz süre boyunca ikimiz de birer Nimet Hanım'a dönüşüyoruz. Hoşseda Apartmanı'nın giriş katındaki iki dairenin pencerelerinin birinden Nimet Hanım ve Remzi bakıyor, birinden Hakan'la ben. Sanki lanetli bir apartmanın demir parmaklıkları arkasına hapsedilmiş kader mahkûmlarıyız biz. İçine düştüğümüz bu kederden kurtaracak genel affı bekliyor, zamana ve Allah'a sığınıyoruz. Öyle görünüyoruz. Oysa üniversite öğrencisiyiz lan. Hayat gayet renkli; bütün gün kampüste, sokakta, kafelerde her yerimiz birbirine denkmiş gibi gezip tozup, geyik yapıyoruz. Hayat bütün gün bize güzel. Dünya yansa altına iki odun da biz atarız, o derece serilmişiz. Ama değil mi ki akşam oluyor, değil mi ki eve dönmek icap ediyor, değil mi ki ayaklarımız geri geri de olsa bizi Hoşseda Apartmanı'na götürüyor, attığımız her adımda rengimiz soluyor sanki. Apartmandan içeriye girince bildiğin sepyayız, Nimet Hanım'ın ruh hali filtre gibi yapışıyor üzerimize. Hele bir de Nimet Hanım'a denk gelirsek, "Çocuklar buyurun içeriye, bir çay ikram edeyim, Remzi de çok sevinir" derse, elimiz mahkûm, direkt siyah beyazız.

Buradan taşınmayı düşündük ama kirası uygun, çok uygun. Zaten iki yüz elli lira da Remzi indirimi aldık. Ev okula yakın ve Nimet Hanım bize haftada iki kere falan ev yemeği veriyor. Bu sebeplerle Nimet Hanım'a ve üzerimize branda gibi çektiği kederine katlanıyoruz. Ben iyiliğimden ses etmiyorum. Üzülüyorum Nimet Hanım için. Kaybettiğim annem aklıma geliyor, o da kimsesiz, ben de kimsesizim. Annemle Nimet Hanım'ı eşliyorum zihnimde. Bir taraftan, yani aslında Nimet Hanım gibi bir annem olmasını katiyen istemezdim diyorum, bir taraftan da annem olsaydı da keşke Nimet Hanım olsaydı diyorum. Şunu biliyorum ki bu dünyada eğer annen yoksa, anne olabilecek herkes ve her şey, senin annen olsun istiyorsun. Rüyalarıma giriyor Nimet Hanım, o benim annemmiş, dizine yatıyorum, beni seviyor, ağlıyor, bana yemek yediriyor, Remzi sana emanet diyor, elimde Remzi'yle koşuyorum falan. Sabahları nefes nefese uyanıyorum. Böyle uyandığım zamanlarda şans eseri hep kapıyı açtığımda Nimet Hanım'ı karşı dairenin eşiğinde bana bakarken buluyorum. "Günaydın Burak, bugün nasılsın?" diyor. "İyiyim annecim" deyip sarılmak istiyorum. Ama tutuyorum kendimi. "Günaydın Nimet Hanım, ne olsun, hep aynı" diyorum. "Hep aynı Burak, gerçekten hep aynı, hiçbir şey değişmiyor, hiçbir şey azalmıyor" diyor ve ağlayarak içeriye giriyor. "Allah senin belanı versin Burak" diyorum içimden, "gene ağlattın kadını." Ama ne yapsam ağlayacak, ne desem ağlayacak. Bilerek "İyiyim" demiyorum. İyiyim dersem alınır, ağlar belki diyorum. "Kötüyüm" de demiyorum, kötüysem bir de bana üzülmesin, ağlamasın diyorum. Hep aynı demek daha makul geliyor, ama Nimet Hanım hep aynı olunca da ağlıyor. Nimet Hanım'la her karşılaşmamızda aramızda hayali bir iki ucu boklu değnek beliriyor, ne ben tutabiliyorum, ne o tutabiliyor.

Hakan'ın Nimet Hanım'la olan ilişkisi daha menfaate dayalı ve daha vay anasını dedirtecek cinsten. Nimet Hanım'ın Remzi'den başka kimsesi yok. Gerçekten yok. Herhangi bir hısım akrabasını, eşini dostunu görmedik. Onun dünyasında bir biz varız, bir de bizden önceki kiracıları. Hakan diyor ki Nimet Hanım ölürse kimsesi olmadığı için varisi olmayacak, o zamana kadar Nimet Hanım'ın gönlünü hoş tutar, kendisiyle yakın bir bağ kurabilirsek ve bir vasiyetname yazdırmayı başarabilirsek bu evleri bize bırakabilir. Oğlum manyak mısın sen, kiracısına ev bırakan insan nerde görülmüş, diyorum. Ben gazete okudum oğlum, kedilerine miras bırakan adamlar bile var. Biz en azından insanız, diyor. Hakan, yukarıdaki hukuki altyapı ve emsal dava muhabbetinden de anlayacağınız üzere hukuk üçüncü sınıf öğrencisi ve şimdiden okulu uzatacak gibi duruyor. Uzatmaz da mezun olursa bu kolay yoldan mal mülk üstüne konma arzularının onu hızlıca yükselteceğine ve Hakan'ın, isminin açıklanmasını istemeyen vergi rekortmeni avukatlar listesinde ilk üçe yerleşeceğine eminim. Ben de artık işletme mezunu bir çulsuz olarak restoranlarda millete kapı açar, müşteri memnuniyeti için peşlerinden koşarım. Bakın bugün de aynı şeyi yapıyorum, resmen evde staj görüyorum. Nimet Hanım'a kapı açıyor ve kendisini memnun etmek için Remzi'ye bakıyorum.

Remzi'yi aldım ve salondaki masanın üzerine bıraktım. Kafama yorganı çektim ve derin bir uykuya daldım. Uyandığımda saat bire geliyordu. "Amma uyumuşum lan" dedim; hiç Remzi'nin sesi de gelmedi. Odamdan çıktım, Hakan'ın odasına girdim. Yorganın altına gömülmüş yatıyor, ayakları çıkmış aşağıdan. "Kalk lan saat bir olmuş" dedim, uyandırdım. Tuvalete gittim geldim, elimi yüzümü yıkadım. Salonda televizyonu açtım. Hakan odadan çıktı. Gerinirken "Remzi gelmedi mi lan bugün?" dedi. "Geldi dedim, teee orda, masanın üstünde." Televizyonda haberlere denk geldim. Oraya kilitlendim. Hakan gelip yanıma oturdu, ayaklarını sehpaya uzattı. Kahvaltı edelim dedi, edelim dedim. Bu cümleleri yirmi kere kurmadan, mutfağa gitmeyiz, uyuşuk bir nesiliz. "Remzi'yi saldın mı?" dedi. "Yok dedim, salmadım, açıver kafesini." "Açarız" dedi ve yine kalkmadık. Saat ikide Hakan, "Ben bir şeyler hazırlayayım" diye kalktı yerinden. "Kafesi aç" dedim. Hakan kafese doğru yürüdü ve küfretti. Bana dönüp "Sıçtık oğlum" dedi. Bu bir pazar sabahı duymayı umduğum en kötü iki kelimeydi. Koltuktan fırlayıp masanın dibine uçtum. Remzi nalları dikmiş, kafesin dibinde öylece yatıyordu.

"Uyuyordur oğlum, dedim. Uyuyordur, uyandıralım." Dürttük, uyanmadı. Su serptik yüzüne, gagasından nefes üfledik, kuşa suni teneffüs yaptım, kalp masajı yaptım, Allah'ım n'olursun uyansın şu kuş dedim, Remzi kalk oğlum yaaa, Remziiiii, Remziiii diye ağıt yaktık başında ama uyandıramadık. Remzi ölmüş. Hakan beni suçladı. "Ben uyuyordum, sen aldın kuşu, nasıl öldürdün?" dedi. Avukatlıktan savcılığa terfi etti hemen hayvan herif. "Ben öldürmedim oğlum, aldım, buraya koydum, geri yattım, kendi kendine ölmüş" dedim. Suçüstü savcısına bağladı, bir sürü soru sordu, hepsini cevapladım. Ne sorsa bilmiyorum dedim. Perişan vaziyetteydim. Ağladım. Annem öldüğünde küçüktüm. On yaşındaydım. Okuldan eve gelince bir sürü insan gördüm evde, bir sürü kadın, ama annem yok. Gelen geçen bana sarıldı, vah yavrum, dedi. Kafam top gibi gitti geldi insanların kucağında. Kimse eğilmediği, herkes ayakta sarıldığı için bir sürü göbeğe tosladım, pis ter kokularını içime çektim. Yazdı, çok sıcaktı. O gün ağlayamadım. Sonra da ağlayamadım. Zaten daha sonra hiçbir şeye ağlamadım. Anam ölmüş ağlamamışım, daha neye ağlayayım? Fakat bu Nimet Hanım'la birlikte içime bir sıkıntı çöktü işte zamanla. Hep bir ağlama isteği duyuyordum içimde. O anlattıkça gözlerim doluyor, boğazıma bir şeyler takılıyordu, ama gene de bırakamıyordum kendimi, deli gibi ağlamak istediğim halde, yapamıyordum. Remzi'ye kısmetmiş. Hakan kuşu getirip sehpanın üzerine yatırdı. Hayvanın kanadını, kuyruğunu kaldırıp indirdi, gagasını açıp kapattı, orasını burasını inceledi. Adli tıp oldu Hakan, utanmasa kesecek Remzi'yi. Ben söküldüm, tutamadım kendimi, durduramadım, ağladım. Sehpanın üzerinde yatan Remzi'yi anneme benzettim. Demiştim size, anneniz ölünce her şeyi annenize benzetiyorsunuz, bütün ölüler anneniz oluyor, herkes onun yanına gidiyor. Tanıdığın, tanımadığın bütün ölüler senin ölün oluyor. Hakan olay yeri incelemeyi de bitirdi, kafesin içinde şüpheli bir şeyler aradı, bulamadı. Karşıma geçip "Burak sus oğlum, usulüne uygun davranalım, gereğini yapalım" dedi. Daha hukuk fakültesinin birinci sınıfında üç dersten bütünlemeye kalmış adamsın sen yaaa, bu ne hâkim pozları... Benim burda içim dışıma çıkmış, adamın umurunda değil. Beni omuzlarımdan tutup sarstı. "Sil gözyaşlarını, akıllı ol. Kuş bizim evde öldü. Ben sana olabilecekleri sıralayayım. Nimet Hanım her zamanki gibi saat sekizde eve gelecek, 'Remzi'yi alabilir miyim çocuklar?' diyecek. Biz de 'Eee Remzi yok Nimet Hanım, Remzi hakkın rahmetine kavuştu' diyeceğiz. Nimet Hanım, bayılacak, tak diye, o dakka. Onu hastaneye götüreceğiz. Bütün iyi niyetimize rağmen ihale bize kalacak. Nimet Hanım hakkımızda dava açacak. Emsal davalar var, haberlerde gördüm. Biliyorsun kaçırmam. Adamın biri köpeğini veterinere bırakıyor, almaya gittiğinde köpeğin öldüğünü öğreniyor. Tak, açıyor davayı. Veteriner tazminat ödüyor adama beş bin mi, on bin mi ne? Bizde para var mı? Yok. Olsa zaten gelip burda oturmayız. O veteriner gibi haberlere çıkacağımız da kesin. Düşün kendini üçüncü sayfada, İstanbul'da iki üniversite öğrencisi B.U (21) ve H. K. (21), ev sahipleri N.A.'nın kendilerine bıraktığı muhabbet kuşuna bakamamaktan ve kasten bir canlının ölümüne sebebiyet vermekten yargılanıyor. Hoppaaa. Sabah baban arar, anlatırsın. İş büyürse okuldan bile atılırız. Ben bu Remzi hayvanı yüzünden geleceğimden olamam Burak, sil gözyaşını, gereğini yapacağız." Bu felaket tellalı anlattıkça ben iyice coştum. Dedikleri olursa biteriz. Peder beni asar, zaten beni koruyacak annem de yok. Ben ağlarken ikinci senaryoyu yazdı Hakan: "Ya da şöyle olacak: Nimet Hanım her zamanki gibi saat sekizde eve gelecek, 'Remzi'yi alabilir miyim çocuklar?' diyecek. Ve biz de 'Tabii Nimet Hanım, buyurun, bugün çok sakindi' deyip Remzi'yi teslim edeceğiz." "Hangi Remzi'yi oğlum, öldü ya hayvan, neyi teslim edeceğiz?" "Başka Remzi mi yok oğlum piyasada, kalk hadi çıkıyoruz, gidip yeni Remzi bulalım."

Remzi'yi masanın üstünde bırakıp apar topar evden çıktık. Nimet Hanım Remzi'yi oracıkta öylece bıraktığımızı görse, o da ölürdü. Çünkü Remzi Nimet Hanım'ın her şeyi. Canı. Ciğeri. Ruh-u revanı. Tombul yanağı. Güzel suratlısı. Lokumu. Bal bademi. Üzümü. Bitanesi. Aşkı. Hayatı. Can dostu. Hayat yoldaşı. Sırdaşı. Tek dayanağı. Erkeği. Kocası. Remzi'si.

Nimet Hanım'ın gerçek Remzi'si on sene önce terk-i diyar eylemiş. Rahmetli Remzi Bey, insan olan yani, çok severmiş Nimet Hanım'ı. Evlendiklerinde Nimet Hanım yirmi, Remzi Bey ise kırk beş yaşındaymış. Birbirlerini yolda görüp âşık olmuşlar anlattığına göre. Bir evin bir kızıymış Nimet Hanım. Anne babasının kıymetlisiymiş, mahallede parmakla gösterilirmiş. Öyle güzelmiş. Bunları Nimet Hanım anlattıkça biz hep "Doğrudur" deriz. Bu parmakla gösterilen Nimet Hanım'ı görünce âşık olmuş Remzi Bey. Evlenelim demiş. Ama Nimet Hanım, ailem nasıl olsa kendimden bu kadar büyük biriyle evlenmeme müsaade etmez diye düşünüp "Kaçır beni" demiş. Kız milletinin bu kestirmeden gitmesine sinir oluyorum ya. Bir dene bakalım, şansını dene, konuş, anlat, adam gelip seni istesin bir, ikna etmeye çalış. Olmuyorsa gene kaçarsın, kaçma demiyorum ama önce bir dene. Ama yok, denemeden almış bohçayı, kaçmış Nimet Hanım. Bir daha da anne babasını görmemiş. Cenazelerine gitmiş. Bence Nimet Hanım'ın başına gelenler ana babasının ahı olabilir. Benim annem şahsen hayatta olsa ben Nimet Hanım gibi yapmam, annemi hiç üzmem, ama değil işte. Allah üzecek olana anne veriyor, üzmeyecek olana vermiyor, ne garip.

Kaçınca bir yuva kurmuşlar Remzi Bey'le, çok mutlularmış. Hoşseda Apartmanı'nda iki dairesi varmış Remzi Bey'in, birini kiraya vermişler, birinde kendileri yaşamışlar. Nimet Hanım da Remzi Bey'e iyi gelmiş. Ben artık çalışmayacağım, kirayla geçiniriz, birikmişim de var deyip emekli olmuş, yan gelip yatmışlar evde. Gezip tozmuşlar. Sabahtan akşama sevişmişler. "Muhabbetimiz çoktu, sabahtan akşama kadar sevişirdik Remzi Bey'le" diyerek bize bu bilgiyi veren Nimet Hanım'ın burada sevişmekten kastının diz dize oturup konuşmak, birbirine güzel şeyler söylemek falan olduğunu varsayıyoruz. Öbür türlü olsa söylemez herhalde. Gerçi öyle de olsa bize ne? Tabii böyle bakarsak, her şeyden bize ne? Gel zaman, git zaman bunlar böyle evlerinde, artık nasılsa, sevişirlerken Remzi Bey gelmiş yetmiş yaşına. Çocukları da olmamış. İstememiş Remzi Bey, neden istemediyse. Remzi Bey'in her şeyi muamma zaten, rahmetliyi Nimet Hanım'ın anlattığı kadar tanıyoruz. Remzi Bey bir pazar sabahı pencere önündeki koltuğunda gazetesini okurken hık diye gidivermiş kalpten. Nimet Hanım uyudu sanmış önce, gözünden gözlüğünü alayım diye uzanınca bakmış ki ses, nefes yok. Hemen o zamanki kiracılarına koşmuş Nimet Hanım. Gelmişler, bakmışlar ama nafile. Göçmüş Remzi Bey. Yıkılmış tabii Nimet Hanım, perişan olmuş. Ayılmış, bayılmış. Yemeden içmeden kesilmiş Remzi, Remzi diye. Remzi Bey'in vefatından bir hafta sonra, adamcağızın son nefesini verdiği koltuğun üzerine tüneyip "Ben şimdi kiminle konuşacağım Remziiii" diye ağlarken, pencereye bir muhabbet kuşu konmuş. Uçup gitsin diye beklemiş Nimet Hanım, ama kuş gitmemiş. Pencereyi açıp elini uzatmış, kuş da Nimet Hanım'ın eline atlayıvermiş. O gün

Nimet Hanım, bu yeşil göğüslü, sarı kafalı muhabbet kuşunu eve alıp adını da Remzi koymuş. O gün bugündür Nimet Hanım'ın aşkı da, lokumu da, kaymağı da Remzi. Kuşa konuşmayı da öğretmiş, "Karıcım, karıcım, bitanem, karıcım" diye bir başlıyor hayvan, beyin yiyor resmen gagasıyla. Ama işte biz haftada bir gün çekiyoruz, Nimet Hanım diğer günler mutlu. Asıl kahrı çeken Remzi bence. Sen böyle güzel bir kuş ol, gel bir pencereye kon, kadın seni kocasının yerine koysun, sana kocacım desin. Kadere bak.

Her hafta pazar günü Nimet Hanım, kuş olan Remzi'yi bize bırakıyor, büfeden o günkü bütün gazeteleri alıyor, mezarlığa gidiyor ve akşama kadar insan olan Remzi'ye gazete okuyor. Akşam tam sekizde gelip kuş olan Remzi'yi geri alıyor. Durum bundan ibaret. Ve şimdi düşünün, kuş Remzi ölüyor. On yıl önce ölen kocasının ruhunun bir muhabbet kuşunda yaşadığına inanmış ve buna rağmen on yıldır ağlayan bir kadına akşam sekizde diyeceğiz ki "Nimet Hanım, bir kez daha başımız sağ olsun." Olacak iş değil. Hakan'ın fikrini kabul ettim, apar topar çıktık evden.

İlk işimiz en yakın alışveriş merkezindeki petshop'a gitmek oldu. Bir sürü Remzi var, ama hiçbiri bizim Remzi değil. Mavisi var, beyazı var, sarısı var, ama Remzi yok. Oradan çıkıp başka bir alışveriş merkezine gittik, oradan bir başkasına. Yok. Bütün Remzi'leri almışlar. Petshopla bu iş olmayacak dedik. Bastık gittik Eminönü'ne. Orada buluruz dedik. Bulduk da. Ama tam olarak Remzi'nin eşkâlini çıkartamıyoruz. Göğüsteki yeşillik nerede bitiyor, kafadaki sarılık nerede başlıyor bilemedik. Hakan'a "Yapacaksak adam gibi sahtekârlık yapalım, geri dönelim, Remzi'yi alıp öyle gelelim" dedim. Normalde benim fikirlerim onun aklına yatmaz ama o gün için yattı, eve geri döndük ve Remzi'yi aldık. Remzi'ye kutudan falan tabut yapacak vaktimiz olmadı. Çünkü sokaklarda yana yakıla Remzi ararken dört saat geçirmiştik, saat altıya geliyordu ve Nimet Hanım'ın eve gelmesine iki saat vardı. Remzi'yi montumun cebine koydum, tekrar Eminönü'ne gittik. Birdal Kuşevi'nde Remzi'ye çok benzeyen bir Remzi bulduk. İkisini yan yana koyup karşılaştırdık. Bu Remzi, öbür Remzi'nin ikizi olsa bu kadar olur. Aynısı. "Oh" dedik "şükürler olsun." "Çocuk için mi?" dedi, Birdal Kuşevi'nin sahibi. Hakan'la birbirimize bakıp "Yok biz evli değiliz, beraber yaşıyoruz" dedik. Adam güldü pis pis, "Öyle demek istemedim yahu, genelde çocuklar için alıyorlar, kuşu ölünce, üzülmesin diye aynısını arıyor anne babaları" dedi. Salak gibi kendimizi ne konuma düşürdük, bir de beraber yaşıyoruz dedik adama. Bizde akıl fikir bırakmadı bu Remzi, perişan etti hepimizi. Yetişebilme gayretiyle eve koştuk. Remzi o gün açlıktan öldürdü bizi, boğazımızdan bir lokma ekmek geçmedi koşturmaktan. Eve girdiğimizde sekize beş vardı. Hemen yeni Remzi'yi kafese koyduk. Hakan'a "Lan oğlum" dedim, "bak, emin misin? Kadın anlarsa biteriz, kapı önüne koyar bizi. Kış günü, sokakta kalırız, iyi düşünelim, neticede bu hayvan konuşmuyor. Karıcım, karıcım demeyen Remzi mi olur?" dedim. "Asıl sürekli karıcım, karıcım diyen Remzi mi olur oğlum, öyle bak. Nerde görülmüş sürekli karıcım diyen adam. Asabı bozulmuştur, gözü dışardadır, sevmiyordur artık Nimet'i, andropozdadır falan, ne bileyim ben, heyecan arıyordur, demiyordur artık 'karıcım' diye. Biraz da suskun, içine kapanık, her şeye kızan, boş boş konuşan Remzi'si olsun Nimet Hanım'ın, elden bu kadarı geliyor" dedi. Daha biz üstümüzü başımızı çıkartmadan zil çaldı. Hakan'la göz göze geldik. "Hadi aslanım gazamız mübarek olsun" dedi ve açtı kapıyı.

Gözü yaşlı Nimet Hanım karşımızda öylece duruyordu. "Remzi'yi alabilir miyim çocuklar?" demesini bekliyorduk,

“Hayırdır, bir yere mi gidiyordunuz çocuklar?” dedi. “Yooo” dedik, “o da nerden çıktı?” “Paltolarınız üstünüzde de o yüzden sordum” dedi. “Soğuk”, dedik, “üşüdük, ondan.” “Verelim mi Remzi’yi?” dedi Hakan. Mendilini ağzına kapatıp, “Verin” dedi, hıçkırarak. Gidip salondan Remzi’yi alıp getirdim; dört dönüyor hayvan kafesin içinde. Alışmış büyük kafeste bir sürü kuşla yaşamaya, bir anda tek kişilik kafese geçince tecrit gibi oldu, sapıttı, yumrukluyor kafesi çıkarın beni diye. “Çok hareketli bugün maşallah, sabahtan beri yerinde durmuyor heheheh” dedim. Ama Nimet Hanım hiç gülmedi. Mendilini yere düşürdü. Ağzı açıldı, gözleri yuvalarından fırladı. Kaşları çatıldı bir an. “Bu benim Remzim değiiiil” diye bastı çığlığı. “Oha” dedim içimden. Nasıl anladın yaaa. Birebir aynısı Remzi’nin, fotokopisi resmen ya, tek yumurta ikizi. Koridorun başındayız daha, yakından bile görmedin! Nimet Hanım, “Bu benim Remzim değil” diyor, başka bir şey demiyor. Nutkumuz tutuldu, inkâr da edemiyoruz. “Remzi dün gece öldü, size onun ölüsünü bıraktım ben, belediyeye gittim, Remzimi Remzimin yanına gömmek için izin istedim, oradan da mezarlığa gittim, Remzi’ye gazete okudum. Nerde benim Remzim söyleyin çabuk” dedi. Eli ayağı titriyor Nimet Hanım’ın, ayakta zor duruyor. Yerin dibine battım utancımdan, kafamı kaldıramadım. Cebimden Remzi’nin ölüsünü çıkartıp terli avuçlarımla uzattım Nimet Hanım’a. Rahmetlinin üstüne cebimden susam taneleri bulaşmış. Remzi’yi o vaziyette görünce bayıldı Nimet Hanım. Sonrası acil, strese bağlı kalp çarpıntısı, diazem, emlakçı, nakliye, kış günü başımızı sokacak bir delik arama çabaları falan işte...

Ertesi gün kuş olup uçtuk Hoşseda Apartmanı’ndan.

Yalan Dünya, Fani Dünya

Tak kızım sen bana o serumu, tak iyice tak, bul damarımı, bak yaptım yumruk, hıh. Elin de pek hafifmiş, acımadı hiç. Kaç saat sürüyor bu serum da, insanın canı çıkıyor ay beklerken. Ben ayda bir gelip taktırıyorum kızım. Aynı hastaneye gidince takmıyorlar, farklı farklı gidiyorum. Sinirlerim laçka oldu yavrum iyice. Delirtin ananızı da kurtulun dedim artık dün gece. Sabaha kadar ağladım. Sabah kimseye ses etmeden çıktım evden, doğru acile. Sen de yorgunsun bak, nöbetçiydin di mi gece. İşte hep dert. Kimine işi dert, kimine evi. Ama olsun, meşguliyetin var, öyle düşün. İş olacak ki aş da olsun. Akşam bana da nöbet geldi sanki. Kalkamadım yataktan. Alt kata vurdum hep lap lap lap. Sevim duyar da gelir belki diye ama o da gelmedi gâvur. Besle kargayı oysun gözünü kızım, böyle bu dünya. Yalan dünyaaa, fani dünyaaa...

Gelinlerle atıştık dün akşam. Sevim'i de almışlar arkalarına. Benim kız da yanlarında. Bak bak, çete olmuşlar. Akıllara bak. "Anne sen çok kontrolcüsün" diyor bana. "Sanki açıp kıçınızı kontrol ediyorum" dedim, tövbe tövbe. Ben olmasam arkalarını toplayacak insan yok. Neyse bu başladı ya artık, öteki de açtı ağzını. Çok geldiler üstüme. Dedim benim kime ne zararım varmış Allah aşkına? İnsanlara yaptığım iyilikleri uç uca eklesem buradan köye yol olur, ama saymıyorum, kimsenin yüzüne vurmuyorum. Ama işte vuracaksın belki de, sana şunu şunu şunu yaptım diyeceksin. O zaman senden iyisi yok. Sevim'e de bak sen dedim, o da geçmiş yanlarına, saf tutmuş. Sevim bizim kiracımız, hemşire kızım. On beş senedir bizim bodrum katta oturuyor. Sevim'den kira almıyorum. Almam, geçerli sebeplerim var. Anlatırım. Apartman büyük, hayra da yetiyor, şerre de şükürler olsun. Şer dediğim, üst kattakiler, hayır zaten Sevim yani, onu söylemeye gerek yok. Asıl buralar tam Sevimlik. Sevim'e serumu damardan vermeyin gelirse, içsin o, şişe şişe. Valla işi çok zor. Geçen gün baktım tuvaletten göbek ata ata çıkıyor. "Ayyyy" dedi, "çok şükküüüüür, hasta oldum hadi. Bir haftadır hacı bekler gibi yolunu gözlüyorum, şükür bugün geldi." "Valla Sevim" dedim, "aç bi çiftetelli de oyna gülüm, bu kadar oyun kurtarmaz seni."

Sevim'in dördüncü çocuk bu sene beş yaşına girdi. Onun büyüğü yedi, onun büyüğü dokuz, en büyükleri de on iki yaşında. Yakası paçası çocuk. Dördü de erkek, hem ne erkek. Canına cinine yetiyorlar Sevim'in. İlki pek sakindi, yok gibiydi çocuk. Kız Sevim, bunu yapmadan önce zemzem mi içtiniz, bu çocuk nasıl böyle uslu oldu, bize de anlat, gelinlere söyleyelim öyle çocuk yapsınlar derdim. İkinci çocuğu altı aylık doğdu. Bir buçuk kilo mu neydi, öyle bir şey, avuç içi kadardı. Öyle de küçük kaldı zaten. Hiç unutmam bir gün buna uğradım pazardan dönerken. Ara sıra ben de uğruyorum, hani kız kendini şey hissetmesin. Bak bak parası var böbürleniyor, burnu havada, bize hiç gelmiyor, bizi beğenmiyor demesin diye giderim öyle arada bir. Çok sık değil tabii, çok sık olsa bu sefer de şey olur, anlatabildim mi? Böyle iyi, üç dört ayda bir akşam çat kapı, iyi.

Neeysee, o akşam uğradım. Büyük babaannesinde, bebek de uyuyor, dedi. Mutfağa gitti, çay koyayım bize abla, dedi.

Ben de dalmışım öyle, duvarlara bakıyorum. Gözlüklerimi de takmamışım o gün. Uzağı göremiyorum, nasıl da pişman oldum pazara gözlüksüz gittiğime. Neye bakacaksam tezgâhın dibine gidip gidip öyle baktım, kendime sinir oldum. Neyse gözlüklerim yok gözümde, hava da karardı hafif, zaten bodrum kat, karanlık. Odadan içeriye bir şey girdi, küçücük, kedi gibi, pıtil pıtil yürüyor. Anacım nasıl korktum, aklım çıktı. Bacaklarımı toplamışım altıma hemen. Kedi sandım valla. Sevim'in bebekmiş. Erken yürüdü bu. Acelen ne be çocuk, sekiz aylık yürür mü insan? İçeri giriverince bir an, küçücük, kara kuru bir şey, ay aklım çıktı. Yürüdü de yanıma geliverdi. Her şeyi öyle acele oldu o çocuğun. Hastalandı, doktora diye gittiler, sünnet olup geldi. Ertesi gün sokakta bizim torunu tekmelemiş. Önüne düz duvar koy, ona tırmanır, tavanı tepe taklak geçer, öyle bir çocuk. O daha yeni yaşına girmişti, üçüncüye hamile kaldı Sevim. Ay o hamileliğini hiç unutmam. Domuz gribi oldu bu hamileyken. Hastaneye yatırdılar, karantinaya aldılar. Apartmanın merdivenlerini çamaşır suyuyla yıkattım, ne olur ne olmaz. Geçmesin bize de. Sevim hastanedeyken evdeki sessiz tayyareyle jet motoruna ben baktım. Biri yerinden kımıldamıyor, biri koyduğun yerde durmuyor. Üçüncü çocuk ikinciye göre sakin ama o da çok inat. Olmaz dedi mi, yok, ikna olmuyor. Çocuk dediğin ikna olur ay, kandırırsın, şeker dersin, çikolata dersin, oyuncak dersin, aaa bak uçak geçiyor dersin, olmadı iki tokat geçirirsin, kandırırsın. Bu başka bir şey, kafasını dikti mi, indirmiyor. Sevim de öyle diyor zaten. "Ben buna hamileyken domuz gribi oldum ya abla, gribi geçti, domuzluğu kaldı bunun" diyor. Öyle bir çocuk. O daha elini ayağını öğrenemeden dördüncüye hamile kaldı. Haberi duyunca gidip de tekme tokat girişesim geldi Sevim'e. Senin neyine ya bunca çocuk. Başka işiniz yok mu sizin o işten başka? Rahmetli babaannem derdi "Zengin parasıyla, fakir karısıyla oynarmış" diye. Bunlarınki o hesap, adam fabrikada asgari ücretle çalışıyor, Sevim çocuk bakmaktan apartmanın işlerine yetişemiyor. Daha da çocuk diyorlar ay! Tamam benim de üç çocuğum var ama, durumumuz iyiydi hani, yapmasak ayıptı. Daha da yapardım ben ama olmadı. Düşüğüm var iki tane. Onlar da olsa beş olacaktı. Nasip değilmiş, Allah yazmamış.

Neeysee, onu diyordum ben. Bizim bu apartmanı dikmeden önce, rahmetli Nurettin Eniştenin, enişten diyorum kusura bakma, herkes Nurettin Enişte derdi ona, kendi akrabaları pek yok biliyor musun, bizimkiler de işte enişte, enişte deyince adam öyle kaldı. Neyse eniştenin başının etini yiye yiye memleketteki bütün tarlaları sattırdım o zaman. Babamdan kalan evde hissem vardı. Kardeşlerime devrettim, kendi payımı nakit aldım. Emekli ikramiyesiyle aldığı evi de sattırdım Nurettin'e. On iki burmam, bir beşibiryerdem vardı, onları da eklettim. Önce arsayı aldık, az şehrin dışındaydı ama olsun, o zaman ucuz oluyor. Ne kadar şehrin dışında, o kadar ucuz. Zamanla şehrin içine girer o, biliyorum ben hep öyle oluyor, dedim. Biz burayı aldığımızda valla kurtlar iniyordu gece, bak şimdi öyle mi, metro bile geldi. Kurttepe metrosunun dibi hemen, gelirsen uğra bak ablana, bi çayımı iç. Kime sorsan gösterirler evi. Neyse, arsayı aldıktan sonra inşaata başladık. "Bu ev bitmeden ölürsen vallahi seni gebertirim Nurettin" dedim. Bir kat daha, bir kat daha derken yaptırdım valla apartmanı. Kapısında kurban kestirdim. "Bütün varımı yoğumu gömdüm bu apartmana, yatır beni kes" dedi enişten. "Kesmem" dedim, "senle daha işimiz var, niye keseyim?"

Neeysee, apartmanı yaptık, dört katlı, bir de alt katta bodrum var, orayı da dayattım döşettim, dursun dedim. Ama hiçbirini kiraya vermedik. Nurettin Enişten, "Bizden hariç üç daire var, niye vermiyoruz kiraya, niye bomboş apartmanda oturuyoruz biz?" diye çok söylendi, vermedim. Benden izinsiz kiralık yazısı astı camlara, her geleni vazgeçirdim. "Siz bilirsiniz ama yatır var, rahat vermiyor, gelen kiracı çıkıyor, ona göre tutun" dedim. Gelen arkasına baka baka döndü. Beni de Allah affetsin artık ne diyeyim. Aile dirliği için söylenen yalan mubah zaten, öyle biliyorum ben. Ama bodrum kata ben kiracı aradım, yalan yok, ondan yaptırmıştım zaten orayı. Sevim'le kocası geldi ev bakmaya. Yanlarında bir çocuk, iki yaşında ya var, ya yok. Dedim ya sakin bir çocuk, duruşundan belli, öyle seme seme bakıyor masum. Sevim'e baktım güçlü kuvvetli, enli boylu kadın. Adama baktım, ensesine vur ekmeğini al, öyle bir adam. Hakkaten öyledir bak, kaç senedir bizim apartmandalar, iki üç cümle ya kurmuşuzdur, ya kurmamışızdır.

Neeysee, evi bunlara kiraya verdim. Dedim "Sizi çok sevdim, kanım kaynadı birden. Ben sizden kira almayayım, Sevim benim ev işlerine yardım ediversin." Zaten dardalar belli, üst baş belli ediyor kendini. Kabul ettiler. Geldiler taşındılar. Kaç sene oldu bak, bedava oturuyorlar. Arada bir Sevim deliriyor, çıkalım gidelim, hizmetçisi oldum apartmanın, bıktım artık falan diye geliyor sesleri, ağlıyor falan ama nereye gidecekler ay. Kolay mı? Bunca sene para vermemişsin, kira derdin olmamış. Gidip kira parası vermek zorlarına gidiyor tabii şimdi. Delirip delirip oturuyorlar. Apartmanın bütün temizlik işlerini böylece çözdüm. Ama bak Allah var, beş kuruş paraları geçmemiştir bana. Üstüne bayramlarda falan da hep destek oldum bak. Kendi evlatlarım neyse, onlar da o. Yani o kadar olmasa da ona yakın.

Neeysee, büyük oğlan apartmana taşındığımızın beşinci yılı nişanlandı. Ben de zaten öyle umuyordum. Kız buna bir yapıştı, bırakmadı. Bırakır mı hiç? Apartmanın, paranın kokusunu almış. Nişandan sonra dedim "Şimdi evladım, koca apartmanımız var, dışarda ev kirası ödemek de neymiş, yanımıza çıkın, sonra düze çıkınca ayrılırsınız." Benim bu tatlı dilime kimse karşı koyamaz. Koysa zaten Nurettin karşı koyardı, koyamadan öldü. Neyse. "Olur" dediler. Gelinler ilkten hep olur der, olmazları sonradan gelir onların. Yerleştiler ikinci kata, bizim üstümüze. Senesine hamile kaldı gelin. Bekliyordum, pek tutuşuktu zaten, bizim yanımızda falan hep şapır şupur oğlanla... Hiç sevmem öyle şeyleri. Yatakta yap annecim kadınlığını, ne diye milletin önünde oynaşırsın. Ama işte hep terbiye meselesi, görmemiş ana babasından, ben mi vereyim ay terbiyesini?

Neeysee, o sene ortanca oğlum kız kaçırdı, ondan da bekliyordum, ona da şaşırmadım. Bunun odasından dergi toplardım hep daha ortaokuldayken, yapış yapış. Pislik. Dedim bir gün, bana bak yalatırım bu dergileri sana, napıcaksan gizli yap, aaaa. Hiç sevmem, ulu orta işleri. Zaten Nurettin'e diyordum, bu oğlan on beşinde evlenir diye, demeye kalmadı kaçırdı kızı. İyi oldu başına buyruk iş yaptığı. "Aaaa" dedik "hiç hazırlığımız yok, daha abinin düğün borcu bitmedi, napalım açalım size bir daireyi geçin oturun artık. Düğün müğün yok size, kaçmasaymışsınız." Ama şimdi doğru değil mi canım? Para var, tamam, var ama ne diye lüzumsuz yere üst üste iki düğün yapayım? Kaçmasaydınız dedim, oturtturdum üst kata. Böylece oğlanların ikisi yanımda kaldı. O sene büyüğün kızı oldu. Gelin bankacı bizim, altı ay izin aldı. Altı ay sonra geldiler, "Ee anne ben işe başlayacağım, bebeği ne yapalım?" "Bırakın bana" dedim ya, "Ben varım, halası var, yengesi var, Sevim var. Niye varız biz, bebek için varız, bakarız." Sabah inerken bıraktılar bebeği, akşam çıkarken aldılar. Torun bir yaşına girince öbür gelin hamile kaldı, onunki yaşına girmeden ilk gelin ikinciyi doğurdu, ikinci gelin ikinciyi ne ara yaptı anlamadık bile. Böylece çöreklenip kaldılar apartmana. Kızım küçüktü evi yaptırırken o da büyüdü yavrum, görücüye geldiler. Dedim bir tane kızım var, yokluk sıkıntı görmedi, isteriz ki görmesin, gözümüzün önünden gitmesin. Veririz, veririz ama burada otururlarsa veririz. Hık dediler, mık dediler, iç güveysi mi dediler. A, dedim ne münasebet. Alabiliyorsanız çocuklara bir ev, buyurun alın, ev sizin kız sizin. Ama alamazlar, kolay mı ev almak, alamadılar. Tıpış tıpış geldi damat, kuruldular en üst kata. Çocukların hepsini evlendirip hiçbirini evlendirmemiş oldum böylece. Bunlar çocukken de böyleydim ben, katiyen ayıramazdım gözümün önünden. Yıllarca düşündüm bunlar evlenince ben ne yaparım diye, sonunda çareyi bunda buldum. Her altı ayda bir gelinler kazan kaldırıyor, taşınalım, burada oturmayalım diyorlar ama gidemezler. "Gidin yavrum, hadi gidin. Verin kiraya maaşın birini, öbürüyle de bakıcı tutarsınız diyorum, gidin zaten ben de zorlanıyorum artık, veririm kiraya daireleri mis gibi geçinirim. Benim de kafam istemiyor çocuk sesini, gidin diyorum. Açın televizyon izleyin biraz, bakıcı nasıl dövüyordu geçen gördüm haberlerde, ama size iyisi denk gelir inşallah, karartmayın kalbinizi" diyorum, arkalarına baka baka dönüyorlar evlerine. Gidemezler, nereye gidiyorlar?

Neeysee, bak her şeyde var bir hayır kızım. En başta birinci kata oturduğum da iyi olmuş, enişten öldükten sonra her tıkırtıya uyanır oldum, kalkıp bakıyorum biri mi var diye. Girenimizi çıkanımızı kontrol ediyor diyorlar. Ne münasebet canım, bana ne sizin gireninizden çıkanınızdan. Allah muhafaza hırlısı var, hırsızı var... Kontrolcüymüşüm de, her şeylerine karışıyormuşum. Bak bak. Ama hadi gelinlere neyse de Sevim'e de aşk olsun. Geçmiş arkalarına öyle kafa sallıyor. Bizim kıza ne demeli? Yengen onlar senin yaaa, yengen. Ben annenim! Köpek. Geçen dedim zaten, merdivenlerden bağırıyor bana, "Her şeye karışıyorsun, kocama hesap vermiyorum sana verdiğim kadar" diyor. Senin kocan koca olsa iç güveysi gelmezdi, salak. Evlat değil köpek hepsi, salacak yer arıyorlar. Şöyle bir serilsem paralayacaklar beni. Anne miyim neyim ben belli değil. Ama işte bugün bana yarın onlara kızım. N'oldu? Aaa bitti mi serum? Ne çabuk ay! Bak konuşurken vakit nasıl geçti anlamadık hiç. Senin de pek güzelmiş sohbetin. Bana da gel kızım. Bak dedim, ev metronun hemen orda. Hadi yavrum üzme anneni, kaynananı falan. İşine sahip çık, iş önemli. İş olacak ki aş da olsun. Nöbetçisin bak, gözler şiş. Buz koy eve gidince. Dinlendirir. Hadi yavrum, Allah razı olsun. Dur bastırayım iyice pamuğu, kanamasın. Yalan dünyaaa, fani dünyaaa.

Fehime Halamı Kaybedip Tekrar Bulduğumuz Gün

Çocuklar masalla büyür, ben Fehime Halamla büyüdüm. Evimizin bahçesinde iç avlunun gerisindeydi Fehime Halamın ve çocuklarının evi. Aynı bahçede yaşar, birlikte yemek yer, her şeyi birlikte yapar ama ayrı evlerde uyurduk. Onların iki göz ve mutfaksız, derme çatma evini bizim evden daha çok sever, zaten zor sığdıklarını bile bile, yine de orada uyumak isterdim.

Bana göre dünyanın en iyi kadını kesinlikle Fehime Halamdı. Ne istersek yapar, ne dersek olur der, bize başörtüsünün içine yastık sarıp oyuncak bebekler yapar, bizimle birlikte bebek sallardı. Her şeyi isteyebilirdik ondan, tek bir şey hariç... "Su istemeyin, suyunuzu kendiniz alın" der, su için ağlasak bile kalkıp bir yudum su vermezdi. Ne bana ne de kendi çocuklarına. Biz de inadına her gece "su, su, su" diye tepişirdik yatağın içinde. İki harften mürekkep, saflığı, temizliği, duruluğu anlatan bu basit kelimenin, halamın kalbine kezzap gibi damladığını o yaşımda bilmiyordum. Yeterince "su" dedikten sonra susuyor ve halamın masalını dinliyorduk. Her gece aynı masalı. Halamın her gece gözlerini ellerine sabitleyip anlattığı bu masalı bugün ben anlatacak olsam, şöyle anlatırdım:

"Bir zamanlar padişahın birinin, güzelliği dillere destan, huyu, suyu, boyu posu yürekler yakan bir kızı varmış. Kız daha çok küçükmüş. Bu prensesin babası, kızını öyle çok severmiş ki, kızı hep yanında dursun, her işini o yapsın, böylece onu daha çok görsün istermiş. Padişah bir gün, güzeller güzeli kızından su istemiş. Kızcağız babasına ülkenin en güzel suyunu getirmek için düşmüş yola, yürümüş, yürümüş, yürümüş... Varmış bir çeşme başına. Zavallı prenses bilmiyormuş hain bir avcının ona tuzak kurduğunu. Avcı, kız daha neye uğradığını anlamadan, atmış atının terkisine, kaçırmış prensesi. Kaçmaya, kurtulmaya çalışırken, kızın ayakkabısının teki fırlamış ayağından, düşmüş yere. O ayakkabı yere düşer düşmez, külkedisine dönüşmüş prenses, atlar da balkabağına, dünyadaki başka her şey fareye... Bir tek avcı öyle kalmış, olduğu gibi. Avcı avcıymış zaten, daha ne kadar avcı olabilir ki? Kral, kızından haber alamayınca, derhal askerlerini göndermiş prensesi aramaya. Askerler prensesin ayakkabısının tekini götürüp, prensesin kaçırıldığını söylemişler. Kral tozu dumana katmamış. Kimse de ayakkabının tekini alıp kapı kapı prensesi aramamış. Çünkü bu masalın geçtiği ülkede, başkaları tarafından kaçırılan kızlar, geri alınmazmış. Bu kızların 'Beni geri götürün' deme hakları da yokmuş. Prenses o gün, avcının külkedisi olmuş ve kendini fırının başında avcının anası ve çocukları için ekmek pişirirken bulmuş. Prenses daha on beş yaşındaymış."

On beş yaşındaymış Fehime Halam. Bir gün çeşmeye, suya gönderiyorlar kızı. Güzel, sakin, beyaz, alımlı bir kız çocuğu. Elinde bir bakır kovayla düşüyor yola. Gidiş o gidiş, dönüş yok. Ondan sonrası yok. Sonrası çeşme başında yere düşmüş bir su bakırı, sonrası arabaya bindirilirken düşmüş bir tek ayakkabı, sonrası arabanın arkasında yüreği ağzında bir gencecik kız, sonrası çeşme başında Fehime'yi aramaya gelenlerin bulduğu, orta yerinden kırılmış, üstüne toz toprak yapışmış, çamur bulaşmış bir kalp.

Fehime, kim olduğunu bilmediği bir adamın arabasında bir saatlik yolu korku içinde geçirirken "Şimdi peşime düşerler, kurtarırlar beni" diye düşünüyor. Bunu uzun süre düşünüyor. Birkaç saat sonra o adamın altında titrerken de düşünüyor bunu, adam bütün gece üstünde sarsılarak gidip gelirken de. Beklemelerin en uzununu yaşıyor Fehime, kurtarılmayı bekliyor, kimse gelmiyor.

Sabah çocuk ağlamasıyla uyanıyor Fehime. Kolundan tutup başka bir odaya sürüklüyor adam halamı. Her şey rüya olsun, kâbus olsun, kapı açılsın ve anne babası, kardeşleri karşılasın onu istiyor, ama kapı açılıyor ki bir yatalak yaşlı kadın, biri iki yaşında, biri daha yaşında bile değil iki bebek... Yatalak ananın üzerine çıkmış ağlaşıyorlar.

"Bu benim anam, diyor adam. Hasta, kımıldayamaz. Buna bakacaksın. Anladın mı beni?" Kafa sallıyor Fehime. Kendi annesi geliyor aklına. Beklediği annesi, gelmeyen annesi.

Duvarda bir yaşlı adam fotoğrafı var, sakallı, siyah beyaz eski bir fotoğraf. Kendi babası geliyor aklına fotoğrafı görünce. Beklediği babası, gelmeyen babası. Ve gelmeyen iki abisi, biri benim babam.

"Bunlar da benim çocuklarım. Anaları öldü. Bunlar artık senin çocuğundur, bunlara bakacaksın. Anladın mı beni?" Kafa sallıyor Fehime yine ve anlamadığı her şeye, anladım diyor o günden sonra.

Abilerinden hariç, iki de kardeşi var Fehime'nin. Bebeklere bakınca, kardeşleri geliyor aklına. O evde tanıdık tek şey bu yavrular. Gidip sarılıyor bebeklere. Öksüzün kolları kolay açılır, kim uzansa onu tutar, ona sarılır. Bebekler de

Fehime'ye sarılıyor öyle. O sarılışla razı oluyor kaderine. Yine de beklemekten vazgeçmiyor. Yatalak ananın altını alırken bekliyor, çocukların donlarını yıkarken bekliyor, kocasının altında ağlarken bekliyor, ekmek pişirirken bekliyor, çamaşır yıkarken, ağlarken bekliyor, uyurken, uyanıkken... O yıl bekliyor, ertesi yıl, sonraki yıl.

Dedem, Fehime'nin kaçırıldığı gün elinde bir ayakkabı tekiyle jandarmaya koşuyor. "Kızımı kaçırdılar, bulun kızımı" diyecek ama, jandarma binasından içeriye koşarak giriyor ki in cin top oynuyor. Bir nöbetçi asker var içeride. Ona derdini anlatmaya çalışıyor dedem. Asker ne yapacağını bilemiyor, bekle diyor dedeme. Elinde bir tek ayakkabıyla bekliyor dedem. Saatler mi geçiyor, bilmem, günler mi? Jandarma komutanın kızının düğünü var o gün. Herkes orada. Asker düğünün yerini tarif ediyor. Bayır Mahallesi var diyor, orada düğün, herkes orada bugün, git onlara anlat baba derdini. Koşarak gidiyor dedem. Akşam olmuş çoktan. Düğün kurulmuş. Masaya kurulmuş komutanı görüyor, etrafındaki askerleri, ortada oynayan gelini, damadı görüyor. Tek elinde ayakkabıyla dikiliyor komutanın önüne. Komutan iki askeri gönderiyor dedemle, tekrar dönüyorlar jandarma binasına. Akşam çökmüş, artık gece. Yola çıkıyorlar. Fehime bir iğneye dönüşmüş, düşmüş yere; iki jandarma bir dedem, ellerinde bir ayakkabıyla gece karanlığında Fehime'yi arıyorlar. Bulamıyorlar. İş işten geçmeden yetişmeli diyor; iş işten geçmesi demek, Fehime'nin üstünden o adamın geçmesi demek. Ertesi sabah güneş jandarma arabasındaki dedemin üzerine doğuyor. Askerin yüzünü aydınlatan güneş dedeme diyor ki, "Raşit, iş işten geçti."

Ertesi gün haberi geliyor. Adam kim olduğunu bildiriyor; Fehime'yle kaçtıklarının, kızın da onda gönlü olduğunun, nikâh kıydıklarının haberini gönderiyor. Dedem arayıp sormuyor bir daha kızını. Görünmez bir defter vardır babaların elinde, başkalarının sözüyle kapandığı çok olmuştur, Fehime'nin defteri de öyle kapanıyor.

Çeşme başında sürüklenirken kırılıyor ilk Fehime. Kalp kırıklığı böyle bir şey. Kırıldığı yetmez, sağa sola saçılır kırıkları. Fehime'nin kalp kırıklarını kimse süpürmüyor yerden. Bir kürek dolusu kırık var oysa, yürüdükçe ayaklarına batıyor, tabanlarını kesiyor, dilim dilim yarılıyor vücudu, kan akıyor Fehime'nin içine, kuruyup kalıyor öyle. Ağlamıyor, gülmüyor, hissetmiyor Fehime. Bekliyor sadece. Kanadıkça daha çok bekliyor. Hiçbir zaman affetmiyor peşine düşmeyen ailesini, affetmiyor ama unutmuyor da. Bir omzunda kocasının, anasının, çocukların, evin yükünü taşıyor; bir omzunda unutulmuş olmanın yükünü. Fakat kadınlar yükü sadece omuzlarında taşımıyorlar, sırtlarına da biniyor, karınlarına da, kasıklarına da. İki çocuk doğuruyor Fehime, peş peşe. Evdeki iki çocuğun annesi doğumda ölmüş, ölür müyüm diye bekliyor, ölmeyeyim diyor, ölürsem başka bir kızı kaçırır sonra. İnsan iyiyse hep iyi kalıyor. Kendi yerine gelebilecek kızlara kıyamıyor Fehime.

Bazı geceler dümen gibidir. Saatler sabaha ulaşırken öyle bir döner ki, bütün hayatın seyri değişir, bambaşka bir yere kırar kaderi. Bir düğün var köyde. Fehime bilmiyor, avludan dışarıya hiç çıkmamış, hayata karışmamış yıllardır. Çalgıların sesini duyuyor. Köyün erkekleri içiyorlar o gece. Paraları yok, ama içiyorlar. Bildikleri tek eğlence buldukları rakıyı içmek ve geceleri karılarının üzerine çökmek. Yine aynısı olacak diye bekliyor Fehime. Celladını beklemek neyse, kocasını beklemek de o onun için. Ama gelmiyor. Kendisi gelmeyen insanın, haberi gelir. Sabah haberi geliyor kocasının. İçmişler, kavga çıkmış, vurulmuş. Üzülmüyor Fehime, sevinmiyor da. Böylece bir yük daha biniyor Fehime'nin sırtına. Şimdi bu dört çocuk ve yatalak anaya bakmanın yanında, onları geçindirmek zorunda da.

Tarlalarda çalışıyor, işe gidiyor. Sabah doyuruyordum, ortaya ekmek, su koyuyordum, kapıyı üstlerinden kilitleyip çıkıyordum, diyor. En küçük bebeği ayağından divana bağlayıp öyle çıkıyor evden. Öğlen koşarak eve geliyor, sonra tekrar tarlaya. Kapıyı her açışında "Allah'ım hepsi hayatta olsun" diye dua ediyor. Evden çıkarken tuttuğu bir nefes var, o nefesi ancak çocukların hepsinin hayatta olduğundan emin olunca veriyor. Bir akşam kapıyı açtığında evdeki seslerden birinin kesildiğini fark ediyor Fehime. Hiç konuşmadığı, sesini hiç duymadığı, elini hiç hissetmediği, her gün altını aldığı, pisliğini temizlediği, zorla yemek yedirdiği kaynanasının ardından ağlamak istiyor Fehime, ama olmuyor. Ne kadar uğraşsa da ağlayamıyor. Öfke ağlatmıyor onu. Gelmeyenlere öfkeli, aramayanlara öfkeli, unutulduğuna öfkeli.

İşe gidiyor, tarlada çalışıyor, evlerde çalışıyor, düğünlerde, mevlitlerde yemek dağıtıyor, bulaşık yıkıyor. Çocukları birbirine emanet edebilecek kadar büyütüyor, artık kimseyi bağlamıyor ayağından, yanında götürüyor. Of demiyor, çünkü diyecek kimsesi yok. Dört zorlu yıl geçiriyor iki göz odalı, dört çocuklu, erkeksiz evin içinde.

Ne zaman ki, bir tarla dönüşü yüzüğünü traktörün kasasına kaptırıp da parmağını kopartıyor Fehime, ne zaman ki iş göremez oluyor, tükeniyor, doyuramaz oluyor çocuklarının karnını, o zaman gururunu, öfkesini, kederini, kırış kırış olmuş alınyazısını katlayıp koyuyor bohçasına, yanına sıra sıra dört çocuğunu da ekleyip çalıyor baba evinin kapısını. Bir akşam vakti, kapının önünde dikiliyor Fehime. Elini uzatıp kapıyı çalacağı an belki birkaç saniye, ama uzanmıyor eli. Büyük oğluna diyor ki, "Çal kapıyı." Babaannem açıyor kapıyı, kızını görünce geri çekiliyor; bu, "gir" demek. Dört çocuğu da peşinden giriyor içeriye.

Yerde yemek yiyoruz. Bundan sonrasının canlı tanığıyım. Sofrada dedem var, yanında babam, diğer yanında amcam, sonra sıra sıra biz, annem ayakta, babaannem kapıda. Kimse kalkmıyor yerinden, kimse konuşmuyor, son lokmalar ağzında herkesin, yutulmuyor. Öyle saatler geçiyor sanki. Annem "Baba belki açlarsa? Otursunlar" diye fısıldıyor dikildiği yerden. Dedem eliyle "kayın" diyor, sıkışıyoruz. Annem beni çekiyor sofradan, "Gel ben seni sonra doyururum, yer aç" diyor. Kimsenin yemek yemediği bir sofrada suskun duruyor kaşıklar. Fehime Halam, başını hiç kaldırmıyor, önüne bakıyor. Dedem de öyle, babam da, amcam da. Çocukları izliyoruz, iki erkek, iki kız. Birbirlerine sokuluyorlar. Fehime Halam bir ara başını kaldırıyor sofradan. Gözleri duvara çivilenip kalıyor. Kendi kendine sallanmaya başlıyor. Sessiz hıçkırıyor önce. Delirmiş gibi bakıyor duvara. Duvarın kireci, kumu, taşı hepsi çıkıp yeniden doluyor Fehime Halamın gözlerinin içine. Bağırarak ağlamaya başlıyor sonra. Annemin eteğinden tutuyorum sıkıca, korkuyorum. Yıllardır duvarda neden asılı durduğunu bilmediğim o tek ayakkabıya bakıp ağlayan halamdan korkuyorum...

Onu kaybettiğimiz gün duvara asılmış tek ayakkabısıyla Fehime Halamı yeniden buluyoruz.

Abajur

Rüyet Apartmanı 12 numaranın kapısı yankılı bir kilit sesiyle açıldı. Emlakçı geç kalmıştı ya, iyi ki Fikri Bey anahtarı bir gün evvelden almayı akıl etmişti. Geç kalan insanlardan nefret ederdi Fikri Bey, kendisi çok dakikti. Tam söylediği saatte kapının önündeydi, rahatsız bir ifadeyle kapıya bakıyordu. İşlemeli ceviz kapının üzerine pirinç 12 rakamı yazılmış ve vidalanmış. 1 rakamının altındaki ve üstündeki vida pirinç, 2 rakamının altındaki vida pirinç ama üstündeki metal bir vida. Fikri Bey'in yüzü ekşidi. Belli ki zamanın birinde yanlış bir kiracıya verilmiş evi. Özensiz, disiplinsiz, zevksiz adamın biriymiş. Oraya hiç metal vida olur mu diye düşündü. Özenli biri olsa bulur buluşturur, gerekirse sokak sokak nalburları dolaşır, o pirinç vidayı bulur, onu döndürürdü 2 rakamının üstündeki delikte. Ekşimik suratındaki büzülmüş dudaklarının arasından belli belirsiz bir of çıkartıp içeriye girdi Fikri Bey. 40 yıl sonra ilk kez adımını atıyordu bu eve. Boş odalarda adım adım yürüdü. Boş odaların boşluğa açılan kapılarını mendiliyle tutup açtı, bastonuyla itti. Parkeler eskimiş diye düşündü, kırk yıl önce cilalı bırakmıştı halbuki. Salona bitişik uzun ve loş koridordan duvardaki çivi izlerini saya saya geçti Fikri Bey. Amma da çok çivi çakmışlar. Çaktıkları çivinin kıymeti yok, ne astılar acaba? Mühim olan bu diye geçirdi içinden. Fikret Mualla, Çallı, Eyüboğlu tablosu falansa hay hay çaksınlar tabii. Ama ne gezer! Vidacıdan bu zevk beklenir mi? Metal vidayı kapıya takan adam, en fazla köydeki ana babasının siyah beyaz resimlerini asmıştır diye düşündü. Tekrar ekşidi yüzü. Koridorun ortasındaki banyoya baktı kapı aralığından. Mermerlerini Afyon'dan getirtmişti, çok iyi hatırlıyordu. İki model göstermişti evi yaptırdığı mimar o zaman, kahverengi dalgaları olanı seçmişti. Mermerci yanlış mermer gönderince kıyameti kopartmıştı Fikri Bey. İşini iyi yapmayan insanlardan nefret ederdi, nefret ettiği adamla da öldürseler iş yapamazdı, bu iki prensip birbiriyle çakışınca geri göndermişti mermerleri. Bir ay daha beklemişlerdi gönlünce bir banyo mermeri bulabilmek için.

Lavabonun kenarı çatlamış, derzlerin araları dolmuş; pis bir gider kokusu değdi burnuna. Suratı iyiden iyice buruşmuştu ki, asla görmemesi gereken, Fikri Bey'i deliye çevirecek bir şey ilişti gözüne. İlişti denemez aslında, deldi geçti gözünü. Tüyleri diken diken baktı musluğun kenarında duran kurumuş ve çatlamış bir parça yeşil sabuna. Mendiliyle burnunu kapattı. Ne insanlar vardı yarabbi, ne insanlar... Musluğunun kenarına alelade sabun bırakıp çıkacak bir kiracıya ev kiraladığına ve o adamdan kira aldığına inanamadı. Başını kaldırdığında o eşsiz mermerin üzerine silikonla yapıştırılmış havlu askılığı ile karşılaştı. Ucunda bozuk para büyüklüğünde bir Fenerbahçe topu takılmış havlu askılığı. Fikri Bey özel yapım bastonunun ucuyla topa vurup düşürmeye çalıştı ama askılık silikonla hiç çıkmamacasına yapışmıştı mermere. Sinirle birkaç hamle daha indirdi topa ama fayda etmedi. Futboldan nefret eden Fikri Bey'in, mermerlerini kırk yıl önce bir ay rötarla Afyon'dan getirttiği banyosunda, Fenerbahçe toplu bir banyo askılığı... Elleri titreyerek bastonunu koluna astı, ceketinin iç cebinden bir şişe esans çıkartıp mendiline damlattı. Derin bir nefes çekti mendilden.

Yerler ıslak değildi, ama gayri ihtiyarı, pantolonunun paçasını kaldırarak devam etti koridorda. Yatak odasına doğru yürüdü ama girmedi içeriye, bir oda daha vardı, çalışma odası, önce oraya uğradı.

Kırk yıl önce Fikri Bey, takım elbisesinin, makam odasının, bulunduğu yerin içini dolduran bir bürokrattı. Kırk yıl önce, Ankara'nın en gözde yerinde Rüyet Apartmanı yükseliyor, Fikri Bey ve Neval Hanım yan yana durmuş, bu güzelim apartmana bakıyordu. Rüyet Apartmanı'nın 12 numaralı dairesinde Fikri ve Neval ikilisi gönülleriyle yaşayacaktı.

Neval Hanım ne kadar ısrar etse de çocuk istememişti Fikri Bey. "Dünyada yeterince çocuk var, bizim aklı başında yetişkinlere ihtiyacımız var Neval, ben aklı başında bir hayat sürmek istiyorum" demiş ve konuyu kapatmıştı. Neval Hanım'a da parlak, hoş giyimli, bol sohbetli, nezih ve Fikri Bey'in tabiriyle, bu aklı başında yaşam iyi gelmiş olacak ki, meselenin çok da üstüne gitmemişti. Evliliğinin ilk yıllarında, diğer hemcinsleri gibi beslediği anne olma hayali ve isteği, giysi dolabına yerleştirdiği her tayyörde biraz daha sönmüş, yıllar içerisinde bu istek öğle sonları katıldığı konken partilerinin, akşamları kocasıyla katıldığı davetlerde kaldırdığı kadehlerin, kaldırıldığı dansların, aldırdığı hediyelerin, evindeki eşyaların, gümüş şamdanların, kristal vazoların, üzerine isminin baş harflerinin işlendiği ipek eşarpların altında yok olup gitmişti. Bu daireyi aldıklarında, Neval Hanım'ın liseden arkadaşları çocuklarının çeyizleri için alışveriş yaparken, o her detayı Fikri Bey tarafından titizlikle düşünülmüş bu evde koltuk kaplamalarının siparişlerini veriyordu. O yıl Neval Hanım, sadece sipariş verdi. Duvar kâğıdı, perde, halı, kilim, tablo, masa, sandalye, masa örtüsü, yemek takımı, çatal bıçak takımı, yatak örtüsü, elbise, ayakkabı... Bütün bu siparişler Neval Hanım'ı akıl almaz bir hazzın içine sürükledi ve dünya üzerindeki diğer her şey önemini yitirdi. Fikri Bey'in ceketinin cebinde bir mücevher kutusu içinde kendisine alındığını düşündüğü ama kendisine verilmeyen bir çift küpeyi gördüğünde ilk olarak irkilse de, bir ay sonra Fikri Bey'e "ortası incili, kenarları altın biyeli bir çift küpe" siparişi vermekten de geri durmadı. Fikri Bey onun olduktan ve istediklerini aldıktan sonra Fikri Bey'in ne yaptığının pek de önemi yoktu. Rüyet Apartmanı'ndaki dairenin gerekli gereksiz tüm siparişleri verildikten ve hepsi ayrı ayrı adamlarca itinayla yerleştirildikten birkaç ay sonra Neval Hanım bir davet verdi evlerinde. Kendi arkadaşları ve Fikri Bey'in arkadaşları giyinip kuşanıp ellerinde hediyelerle geldiler. Bu paketlerin hiçbirini açmadı Neval Hanım, kimsenin basit zevkine ihtiyacı ve tahammülü yoktu. O akşam kapıcıyı çağırıp "Rica ederim alın bunları" dedi, hepsini gönderdi. Sadece bir paketi ayırdı içlerinden. Daha önce tanışmadığı bir hanım gelmişti o akşam evlerine. Kulaklarında ortası incili, kenarları altın biyeli bir çift küpe olan hoş bir hanım. Fikri Bey, daireden arkadaşımdır, dedi. Neval Hanım, yatak odasına gidip küpelerini değiştirdi, aynı küpelerle, bir kez daha hoş geldiniz dedi hanıma. Onun hediye paketini ayırdı o akşam. Davetliler dağıldıktan sonra yatağın üzerine oturup açtı paketi. Kadife kutu içinde gümüş bir zarf açacağı... Paketi çöpe, zarf açacağını Fikri Bey'in çalışma masasının üzerine bıraktı. Bu, Fikri Bey'e bırakılan ince bir mesajdı.

Bu davetten iki hafta sonra Fikri Bey'in daireden arkadaşları ile birlikte Paris'e bir geziye gittiler karı koca. Neval Hanım gezi için çıktıkları ilk gün ayaklı bir abajur gördü vitrinde. Camekânın önünde çakılıp kaldı, Fikri Bey kolundan tutup çekse de oradan ayrılamadılar. İlk gün dışarıdan baktılar.

İkinci gün fiyatını sordular. Fikri Bey "Hadi canım, bir abajura o kadar para verilir miymiş!" dediğinde Neval Hanım, "Bir mektup açacağından ucuz olduğunu düşünüyorum" dedi. Aralarında esen sert rüzgâr neticesinde üçüncü gün abajuru Türkiye'ye nasıl götürebileceklerini düşünmeye başladılar. Dört günlük seyahatlerinin sonunda Neval Hanım kucağında, takribi iki yüz kristal damlanın gümüş tokalarla birbirine tutturulduğu kırılgan abajurla uçağa oturduğunda, düşürmekten çok korktuğu çocuğunu sımsıkı tutuyormuş gibi, arada yavrusunun saçlarını okşuyormuş gibi, bakışlarıyla kocasına "bu bizim, ikimizin yavrusu" der gibi etrafa gülücükler dağıtıyor; Fikri Bey "Bu kadın nasıl bu kadar mal düşkünü oldu yarabbi" diye iç geçirerek güzelim abajurun ahşap ayaklarını tutuyordu. Abajurun ayaklarını sarabildikleri bir düzenle sardılar ama yine Neval Hanım'a çok güvenli gelmedi. Israrla "Bunu da siz taşıyın lütfen Fikri Bey, eğer azıcık hatırım varsa, kucağınızda götürün lütfen" dedi. Koskoca Fikri Bey, elinde abajur ayaklarıyla gezdi durdu o gün Paris'in sokaklarında.

Ankara'ya vardıklarında onları Fikri Bey'in makam şoförü Cüneyt karşıladı. Önce Neval Hanım'ın kucağındaki avizeyi almaya niyetlendi ama "Rica ederim dokunmayın" diye yılan gibi tısladı Neval Hanım. Adamcağız önce valizleri yerleştirdi, sonra Fikri Bey'in kucağındaki ne olduğu belirsiz tahtaları almak için uzandı. Neval Hanım kaş göz etse de Fikri Bey, koca bir yükü bırakır gibi, Neval Hanım'dan kurtulur gibi bıraktı tahtaları Cüneyt'in kucağına. Karı koca araca oturdular, Cüneyt valizleri yerleştirmeye çalıştı. Öyle denedi, böyle denedi, öyle yatırdı, böyle yatırdı, olmadı. Sonunda Fikri Bey'in kucağından aldığı tahta ayakların ucunu bagajın azıcık dışında bırakıverdi. Bu küçük ihmalin, işten atılmasına sebebiyet vereceğini bilemezdi ne de olsa. Nasıl olduysa abajurun ayaklarından biri kırılıverdi ve Neval Hanım, Paris dönüşü ağır bir sinir krizi geçirdi. Artık Cüneyt Müneyt hak getireydi, o gün işine son verildi.

Fikri Bey, önce mobilyacıya götürdü abajuru. "Aynı ayaktan yaptırırız Neval Hanım, hiç dert etmeyin" dedi. Ama Neval Hanım için o abajurun üç ayağı da Fransız'dı ve asıl önemli olan da onların Fransızlığıydı. İkisi Fransız, bir Türk ayak Neval Hanım'ın tahammül edemeyeceği bir şeydi. İşin kötüsü Fikri Bey için de öyle... Saatler süren münakaşa sonunda mobilyacı "Altı üstü bir ayak" diye ağzından kaçırıverince, abajuru kucakladıkları gibi dükkândan çıktılar. Neval Hanım, oyuncağı bozulmuş çocuklar gibi ağlayıp tepinmeye başladı eve gelince. Fikri Bey, isabetli bir kararla evin mimarını çağırdı. Gözleri yaşlı ve bedbaht bir halde anlattı Neval Hanım abajurun başına gelenleri. Sonunda şuna karar verdiler: Abajurun diğer iki Fransız ayağını da kırık olan yerden keseceklerdi. Biri Türk, ikisi Fransız melez ayaktansa, kısa ama safkan bir Fransız ayak kesinlikle daha iyiydi. Karar verilince mimar abajuru alıp gitti. Neval Hanım kangren olmuş bacağı ameliyat edilecekmiş gibi bir korkuyla bekledi abajurunu. Mimar kucağında beyaz keten kumaşa sarılı bir abajurla geldiğinde Neval Hanım, elinde mendil, gözünde endişe dolu bakışlar ile kaldırdı örtüyü. Bir çığlık attı. Üç ayağı da kesilince güdük bir lambaya dönmüştü canım abajur. Mimar daha yapacaklarını anlatacaktı ki, abajuru bir kenara bırakıp Neval Hanım'ı ayıltmak zorunda kaldılar. Yaşadığı sinir harbi neticesinde eve aile doktorları çağırıldı ve Neval Hanım'a sakinleştirici yapıldı. Ertesi hafta mimar abajurun üç Fransız ayağını da içine alabilecek gümüş bir ayaklıkla çıkıp geldi. Fransız ahşap ayaklar gümüş ayaklıklara geçirildi ve abajur yeniden abajura benzedi. Hatta eskisinden çok daha iyi oldu. Neval Hanım'ın abajura olan tutkusu daha da arttı ve bu kez eve hırsız girmesinden, birinin abajuru çalmasından korku duymaya başladı. Mimar buna da bir çare buldu. Parkeler olduğu yerden kırılacak, alttaki betona kaide yapılacak, gümüş ayaklıklar buraya tutturulacak ve üzeri yeniden parke ile kaplanacaktı. Bu sabitleme fikri çok hoşuna gitti Neval Hanım'ın, böylece yanından hiç ayrılmayacak, yerinden bile kımıldamayacaktı sevgili abajuru. Fikri Bey parkelerin delinmesine, yeniden inşaat işine girilmesine biraz bozulsa da Neval Hanım'ın gözlerindeki ışığı görünce ses etmedi. Fakat bu sessizlik fazla uzun sürmedi.

Neval-Fikri çiftinin evine muazzam bir haber ulaştı bir gün. Fikri Bey ataşe olarak Beyrut'a atanmış. Zaten yaşamaktan pek de memnun olmadıkları ülkelerine veda edip yurtdışı olsun da neresi olursa olsun diye baktıkları ülke sınırları dışına çıkacakları için büyük bir sevinç duydular. Bugün Beyrut, yarın Londra olur dediler, kötü de olsa bir yerden başlamak gerektiğini düşündüler. Yeter ki Türkiye olmasın, yeter ki yurtdışı olsun.

Neval Hanım'ın ülke sınırları ile ciddi bir sorunu vardı. Bir şeyin ne olduğunun anlamı yoktu, ülke sınırları dışından gelmiş olması değerli olması için son derece yeterliydi. Yılda genellikle bir, bazen iki kez, bir şekilde çıktıkları yurtdışı seyahatleri onu her şeyden çok heyecanlandırır, günlerce uyuyamaz, gittiğinde şehrin tamamını bir mücevheri inceler gibi hayranlıkla inceler, gördüğü menfi şeylere bile müspet anlamlar yüklerdi. Ana tarafından Afyonlu, baba tarafından özbeöz Çorumlu olmasına rağmen herkese aslen İstanbulluyum diyen Neval Hanım'ın, Türklere karşı kendi içinde duyduğu enteresan bir aşağılama duygusu vardı. Berlin'de yolda yürürken parka atılmış bir çikolata ambalajı görmüş, kimin attığını, kâğıdın oraya nasıl geldiğini bilmediği halde

"Bu Türkler burayı da Türkiye'ye çevirecekler, bakar mısın yerlere çikolata ambalajları atmışlar, kesin Türk turistler ya da burada yaşayan Türkler atmıştır" diyerek kâğıdı yanındakilere göstermişti. Her seyahatten önce Fikri Bey'in fotoğraf makinesi için rulo rulo film aldırır, gittiği şehirlerin taşıyla toprağıyla fotoğraf çektirir, dönünce bu fotoğrafları bastırıp albümlere yerleştirir, arkadaşları geldiğinde onlara seyahatlerini en ince detayına kadar anlatır, bunaltır ve akabinde oradan aldığı eşyaları sıra sıra sergileyerek gezi tanıtım programını sonlandırırdı. Fikri Bey'in de ondan aşağı kalır yanı olmadığından, ataşelik görevi ikisi için de biçilmiş kaftan oldu. O akşam yemeğinde başlayan görev için yurtdışına gitme heyecanı, yatak odasına girdiklerinde bir anda son buldu. Gideceklerdi tamam, yanlarında eşyalarını da götüreceklerdi, o da tamam. Fakat abajur... O güzelim abajur? Yere monte edilmiş, sabitlenmiş, Neval Hanım'ın başucundan ayrılmayan o canım abajur; o ne olacaktı? Bu sorunun cevabını Neval Hanım'ın hıçkırıkları arasında sıraladı Fikri Bey. Kestirip yanlarında götürebilirlerdi, orada bir kez daha sabitletirlerdi, yenisini alabilirlerdi, söz yenisini alabilirlerdi, vallahi yenisini alabilirlerdi. Ama seçeneklerin hiçbirisi Neval Hanım için tatmin edici değildi. O gece sabaha kadar hıçkırdı zavallı, yatağın içinde. Bu böyle devam etti, Neval Hanım, günlerce ağladı. Ama emir büyük yerdendi, öyle abajurum kalıyor diye inatlaşıp Beyrut'a gitmiyorum diyebilecek şımarıklık Neval Hanım'da mevcutsa da, bu durum devletin pek umurunda değildi. Onlar Fikri Bey'i Beyrut'a gönderiyorlardı, bitti, nokta. Neval kim?

Neticede o canım eşyaların bir kısmı yanlarında götürülürken, bir kısmı değerinin altında fiyatlarla eskicilere satıldı. Aynı evi ve daha güzelini, hem Beyrut'ta hem de Beyrut dönüşü Türkiye'de, eğer başka yerler olursa kesinlikle oralarda da kuracağına bin yemin ederek evi boşalttı Fikri Bey. Özel yapım mermerlere, cilalı parkelere, ceviz daire kapısına veda ettiler. Evde kalan tek eşya olan yatak odasındaki ayaklı Fransız abajurun önünde saygıyla eğildiler.

Fikri Bey, akraba deyince tüyleri ürperen bir adamdı. Ailesinin tüm efradı ona, sıradan ailesini ve sıradan geçmişini hatırlattığı için hepsinden nefret eder, "Dayıııı" diye daireye geliverecekler, bir yerlerde adını ağzına alacaklar, bir akşam tam da evde önemli misafirlerine davet verirken ellerinde turşu bidonuyla selamünaleyküm diye kapıda bitiverecekler diye aklı çıkardı. Bu ihtimallerin önünü kesmek için gereken her şeyi yaptı. Memuriyetini aldığı gün itibariyle hepsiyle bağını kökten kesti, bir daha da ana babası ve kardeşleri dahil kimseyle görüşmedi. Bu durum Neval Hanım'ın canına minnetti zaten. Beyrut'a giderken hısım akrabayı çağıralım, bizim evin kiralanma işiyle uğraşsınlar diye aklının ucundan bile geçirmedi bu yüzden. Derhal şehrin en eski emlakçısını çağırıp anlaştı Fikri Bey. Evi, kesinlikle tahsilli birine kiraya verecekti, kiracıdan diploma fotokopisi, vukuatlı nüfus cüzdanı örneği istenecek, kütüğe bilhassa bakılacaktı. Anadolulu bir kiracıyı evinde kesinlikle istemiyordu. Kiracı illa ve illa çocuksuz olacak, eşi hanımefendinin kılık kıyafeti bu evde oturmaya layık olacaktı. Bunun gibi pek çok koşul sıraladıktan sonra yatak odasına götürmüştü emlakçıyı. "Bakınız muhterem, bu abajuru bu evi yaptırırken Fransa'dan getirdik, buraların en ünlü mimarı onu buraya sabitledi. Şimdi yanımızda götüremiyoruz ama bizim için çok kıymetlidir. Evin değerini kat be kat artıracak değerde bir abajur. Kira mukavelenamesine bunu bilhassa yazın, sağlam teslim edecek, sağlam alacaksınız. Evi bu abajurla kiraladıklarını, ne kadar şanslı olduklarını bilsinler" diyerek emlakçıyla abajuru tanıştırdı. Daha doğrusu emlakçıyı abajura takdim etti. Adamcağız "Hiç şüpheniz olmasın beyefendiciğim" diyerek, kapıda hâlâ abajur için ağlayan Neval Hanım'la, abajurla vedalaşmaktan çekinmeyen Fikri Bey'i uğurladı. Birkaç ay sonra da evi Urfalı ve dört çocuklu bir zengine kiraladı. Neticede emlakçı aldığı komisyona bakardı.

Fikri Bey Beyrut için çıktığı yolculuktan kırk yıl dönmedi. Beyrut'a gittiklerinde Neval Hanım'ı memnun edebilmek için yeni bir ev tefrişatı telaşına düştüler, ama Beyrut Neval Hanım'ı mutlu etmedi. Eldekilerden ayrılma, kendiyle eşdeğerde insan bulamama, kimseyi beğenmeme, mala mülke düşkünlük, vazoya, perdeye, çanağa tapma, halıları ve koltuk döşemelerini okşama gibi ruh halleriyle daha fazla baş edemedi, sinirleri kaldırmadı. Kendini yemeklere verdi, bir yıl içinde yirmi beş kilo alarak önce döpiyesleriyle, sonra davetlerle, akabinde sosyal hayatla vedalaştı. Gittikçe içine çekildiği bir yalnızlığın ve ruhsal bunalımın içinden çıkamayınca Fikri Bey'in ısrarıyla terapiye başladı. Gittiği terapistin koltuğunda dakikalarca ağladığı bir günün sonunda kapıdan çıkmak üzereyken, aynı koltuğa uzanıp ağlamak için gelmiş olan bir Fransız beyefendi gözyaşlarını silmesi için Neval Hanım'a üzeri Chanel işlemeli ipek bir mendil uzattı. Bu ipek mendil Neval Hanım için tutunacak bir dal mesabesindeydi. Gönülsüz gittiği terapist bundan sonra koşarak gittiği, birkaç zaman sonra da terapiste gidiyorum diye evden çıktığı ama hiç gitmediği bir yere dönüştü. Fransız beyefendi Neval Hanım'dan fena bir ruh hastasıydı. Ama işte Fransız'dı. Fikri Bey kendi çapında sağlıklıydı, ama işte Türk'tü. Bu kıyas Neval Hanım'ın Fikri Bey'e ufak bir veda mektubu bırakması için gayet yeterli geldi. Bir sabah mini el çantasından çıkarttığı Chanel mendili usulca sallayarak Neval Hanım, Fikri Bey'i, evini, geçmişini ve kendini terk etti.

Kırk yıl kendi mutsuzluğuna, Neval Hanım'ın bıraktığı mutsuzluğu da ekleyerek dünyayı gezdi dolandı Fikri Bey. Emekli olduktan sonra da dönmedi. Emlakçı yıllar içinde Urfalı, Mardinli, Afyonlu, Yozgatlı, Kayserili, Çorumlu kiracıları İstanbullu diye tanıtarak, evdeki nüfus bilgisini hep iki üç eksik söyleyerek parasını gönderdi Fikri Bey'in. Emlakçı vefat edince, tüm emlak işlerini oğlu devraldı, babasından aldığı tüyoların üzerine kendi cinliğini de ekleyerek birkaç yıl da o oyaladı Fikri Bey'i. Zaten kırk yıl içinde Rüyet Apartmanı'nın yanına büyük apartmanlar, siteler ve hatta az ilerisine gökdelenler, plazalar dikildi. Fikri Bey'in canım dairesi, emlakçının portföyünde çok gerilere gitti. Sıfır ev arayan kiracılara ultra lüks ev kiralayıp yüzde on iki komisyon almak varken kim takardı Rüyet Apartmanı'nı yani? Son iki yıldır, Sivaslı müteahhidin sevgilisi çıktığından beri boştu zaten on iki numara. Bakan da yoktu, soran da; emlakçının da aklına "Şöyle de bir dairemiz var" demek gelmiyordu. Rüyet Apartmanı 12 numara böylece unutuldu.

Fikri Bey bir gün yurtiçi bir numaradan emlakçının oğlunu arayıp "Yazıhaneniz nerede?" demeseydi kimsenin hatırlayacağı da yoktu. Emlakçının oğlu, Fikri Bey'i işlemeli bastonu, krem rengi takım elbisesi, bordo kravatı, bordo ayakkabıları ve bordo şapkasıyla karşısında görünce sigarasını söndürdü, elini uzattı ama Fikri Bey adamla tokalaşmadı. Ceketinin cebinden bordo mendilini çıkartarak, "Anahtarı lütfen buraya koyunuz" dedi. Ertesi gün 13.30'da dairenin önünde buluşmak için sözleştiler. Fikri Bey çıkıp gittikten sonra emlakçının oğlu "İyi ki evde kiracı yok, iyi ki ev boş" diye şükretti. Fikri Bey, müteahhidin sevgilisinin kızıl saçlarını, göğsünün üstündeki dövmesini ve durmadan sigara tutan kırmızı ojeli tırnaklarını görse o dakika kalpten giderdi.

Fikri Bey boş çalışma odasına bakıp eski günlerini hatırladı, masanın üzerine bırakılan mektup açacağını, sahibini, o güzelim kadını, onu bırakıp gidişini, Neval'i ve Neval'in histerik hallerini hatırladı. Mendiline birkaç damla daha esans damlatıp kravatını hafif gevşetti. Türkiye'ye dönmek Fikri Bey'e pek iyi gelmemişti, üstüne bir de bu evde dolaşmak, lavabodaki sabun, Fenerbahçeli askılık, yerdeki koku, başını döndüren anılar, Neval Hanım'ın duvara yansıyan ve sadece onun görebildiği mutsuz yüzü Fikri Bey'in nefesini daraltmıştı. Bastonuna dayanarak ve ilk defa mendilsiz, kapıları tutarak, duvarlara sürtünerek yatak odasına girdi. Kapıdan içeriye girerken kalbi hızlandı ve hafif sendeledi.

Yatak odasının kapısından girip birkaç adım atınca dizleri çözüldü Fikri Bey'in, ayakta duramadı. Önce bir bacağı büküldü dizinden, sonra diğeri. Bastonu titreyerek bir yana düştü, başı yerdeki demire çarptı. Elini kalbine götürecek fırsatı olmadı, kalbi durdu. Zaman durdu, her şey durdu, bir hayat durdu, Fikri Bey durdu. Cebindeki esans şişesi kırılıp kalbinin üstünü hoş bir kokuyla ıslattı. Yatak odasına öylece uzandı Fikri Bey. Yere oluk oluk kan aktı.

Emlakçının oğlu öğle yemeğindeydi, sohbeti uzadı. 13.30 dediysek tam 13.30 demedik herhalde dedi, 13.55'te elindeki yedek anahtarla Rüyet Apartmanı 12 numaradan içeriye girdi. "Gelmemiş Beyzadem daha" diye söylenerek odaları dolaştı. Yatak odasına girince önce Fikri Bey'in ayaklarını gördü. Koşup baktı ki Fikri Bey uçmuş. Hemen polisi aradı. Savcı geldi. İfade için karakola çağırıldı. Bir sürü iş çıktı emlakçının oğlunun başına.

Fikri Bey'in başını çarptığı ve kanamaya sebebiyet veren, yatak odasının bir köşesinde duran üç parça demirin ne olduğunu sordular. Emlakçının oğlu, "Abajur ayağı onlar" dedi. "Fikri Bey'in dairesinin demirbaşı. Üstünde böyle kristal mi ne taşları olan basit bir abajur vardı. Zamanında bunlar buraya sabitlemişler, neden sabitledilerse artık. İki önceki kiracı taşınırken götürmek istedi, ben de alın götürün, zaten hiçbir kiracı sevmiyor, boş yere kalabalık ediyor dedim. Adam da sökmeye çalışmış sökememiş. Demir testeresiyle kesmiş ayaklarını, alıp gitmiş. O ayaklardan kalan parçalar da işte öyle yerde kaldı. Nerden bileceksin Fikri Bey'in gelip oraya başını çarpacağını?"

İstiklal Madalyası

Yıllardır mahalle günü yaparız. Herkes iki eli kanda olsa gelir. Başta öyle anlaştık. Herkes işini ona göre ayarlasın, yok öyle ben gelmem param yürüsün demek, dedik. Hasta olan maske takıp geldi. Yatalak kaynanasını kucaklayıp getiren mi ararsın, yeni sünnetli oğlunu yanında getirip yatıran mı? Bir sene Nurgül'ün günü 1 Mayıs'a denk geldi, çok bastırdılar tatil olsun diye ama yapmadık. Nesrin "Kocam evde ben gelemem" dedi. "E canım" dedik, "bir seninkine bayram değil ya, bizimkiler de evde." İkna olmadı. "Biz de işçiyiz, ev hanımıysak biz de işçiyiz, tatil yapalım" dedi. "Tatil değil bayram yaparız, günü bırakmayalım" dedik. Bırakmadık. Nesrin kocasını da getirdi güne. Hep beraber salonda türkü söyleyip, halay çekip bayram yaptık. Gene de güne gitmemezlik etmedik. Ama şimdi Şengül Abla'nın durumu farklıydı hani. Hepimiz gelmez dedik. Kadın daha geçen hafta boşandı, günü mü düşünecek, dedik. Gün sırası bendeydi. Yemin olsun, poğaçayı yaparken düşündüm. "Şengül Abla gelir mi acaba?" dedim. "Gelmez herhalde" dedim, "daha geçen hafta boşandı, nereye geliyor?" dedim. Duyduk hep. Çabuk yayılıyor haber. Metin Abi o pazardayken gelmiş toplamış eşyalarını. Ev tutmuş kendine, bir artı bir. E yeter, ne yapsın geniş evi bir başına. Kızı gelmiş Eskişehir'den Şengül Abla'nın. Oğlu da gelmiş gelinle beraber. Sen hiç merak etme, biz yanındayız. Bunca yıl bizim için dayandın, çektin. Artık biz kendi ayaklarımızın üstünde duruyoruz, sana bakarız, demişler. Kim duymuş bilmiyorum ama öyle geldi kulağıma. Tam olarak böyle dememişlerse de, buna yakın bir şeyler demişlerdir. Ne diyecekler kadına. "Altmış yaşında, rahat mı battı, n'apıcaz şimdi biz seni, bize gelemezsin anne, bizim düzenimiz kendimize göre" diyecek halleri yok. Ama bravo, Şengül Abla'ya da bak! Benim diyen kadının yapacağı iş değil. Emeklisi de yok. Sarma sarıyor, baklava yapıyor dışarıya. Yazları makarna, tarhana yapıp satıyor. "Ev kirası yok. Birikmişim de var. Çocuklar kurtardılar kendilerini, bir kendi karnımı mı doyuramayacağım?" demiş. Öyle demediyse de ona benzer şeyler söylemiştir yani. Ne diyecek kadın? Bakar başının çaresine, zorlanır ama bakar. Seveni de çok. Kalabalık arkası. Yıllardır herkesin her şeyine koştu. Düğün olur gel Şengül Abla, ölüm olur gel Şengül Abla, nerde kalabalık, oraya Şengül Abla. Boş bırakmazlar onu. Gerçi elden gelen öğün olmaz, o da vaktinde gelmez, ama gene de kollarlar yani. Hem düşündüm hem yaptım poğaçayı. Gelmezse de tabak hazırlarım, götürürüm, dedim. Bir öğün, bir öğün... Öğlen birde geliyor güncüler. Ancak oluyor. Kalktın, evi topladın, akşam yemeğini koydun, hazırlandın, e ancak.

İlk Ayşegül geldi. Öpüştük, nasılsın demeden "Şengül Abla gelecek mi?" dedi. "Bilmem ki" dedim, "gelmez herhalde." Sonra Kadriye geldi, o öpmeden sordu. "Gelecek miymiş Şengül Abla?" Ne bileyim ben ayol. Kadını arayıp, "Abla yeni boşandın ama hani günü de merak ettik, gelecek misin?" diye sorulmaz ki. Her gelen selam verip Şengül Abla'yı sordu. Hepsine, "Bilmem ki dedim, gelmez herhalde..." Gelmez, gelmez diye birbirimizi tasdikleyip oturduk. Ayşegül, "Gelirse" dedi, "gelirse ne diyeceğiz kadına?" "Biz mi boşadık canım, ne diyeceğiz, geçmiş olsun" deriz, açmayız hiç konuyu. Gerçi geçmiş olsun deyince konuyu açmış oluyoruz işte, hiçbir şey dememek lazım aslında ama hiçbir şey demeden de olmaz şimdi. Duruma göre bakarız, dedik. Hiçbir şey yokmuş gibi davranırız, kendisi açarsa konuyu, geçmiş olsun deriz, dedik. Tam fikir birliğine vardık, kapı çaldı. Ay geldi galiba deyip gittim ama gelen Hülya'ymış. Hep geç gelir bu da. İçeriye girip hırkasını omzundan attığı gibi "Şengül Abla gelecek mi acaba?" diye sordu. Hepimiz sanki yarım saattir bunu tartışmıyormuşuz gibi "Kız bi selam ver önce, hemen Şengül'ün derdine mi düştün, aaaa" deyip azarladık kızı. Olsun, geç kalmasaymış o da.

"Bir şey demeyiz" dedik, "kendi açarsa konuyu geçmiş olsun deriz, üstüne gitmeyiz hiç. Bugün ona yarın bize, konuşulacak konu değil" dedik. "Şeytan kulağına kurşun" diye fiskosun üstüne vurdu Nesrin. Onunki çok kıymetli, boşanmanın lafına tahammülü yok, ölür de boşanmaz. Kocasının ikinci evliliği, bunun ilk. Kırkından sonra buldu. Kolayını bulsa cebinde gezdirecek adamı. Baktım habire kulağını çekiyor, sehpaya vuruyor. "Yeter kız, deldin sehpayı, merak etme, bir şey olmaz seninkine" dedik ama Hülya rövanşını aldı. "Öyle deme" dedi, "ne olacağı belli olmaz, erkek milleti bugün var yarın yok, kimse güvenmesin kocasına..." Nesrin kulağını çekip ön dişlerini tıklama aşaması geçtiğinde Ayşegül konuyu yeniden başlattı. "Öyle kuru kuru geçmiş olsunla olmaz. Kadına sormak lazım, var mı Şengül Abla bir ihtiyacın, yapacağımız bir şey var mı? demek lazım. Her şeyimize koştu bizim kadın yıllardır. Annem rahmetli öldüğünde, Şengül Abla yanındaydı. Akşamüstü öldü annem. Yengemler, teyzemler, komşular herkes bizdeydi. Haberi alan geldi. Yaşlıydı zaten, bekliyorduk. Kurtuldu. Neyse ev insan doldu. Sonra uykusu gelen evine çekildi. Herkes 'Ay benim çocuklar evde tek kaldı. Ben bi eve gidip geleyim' diye kaçtı gitti evine. Bunlar gittikçe ben düşünüyorum. Şimdi bunların hepsi giderse ben ne yaparım, gece annemle bir başıma nasıl kalırım, diye. Hep annemle bir başımaydım ama dirisi başka ölüsü başka. Tövbe yarabbi, insanın içine bir korku çöküyor. Hem ağlıyorsun hem korkuyorsun. Baktım herkes gitti Şengül Abla gitmedi. Oturdu da benimle ağladı. Baktım benden çok ağlıyor. Kendi annesi geldi aklına galiba dedim. Ben de ona sarıldım. Ağlama Şengül Abla, alışıcaz artık ne yapalım, dedim. Kız ben ona ağlamıyorum, bıktım bu Metin'den, canımdan bezdirdi beni, içmiş içmiş gelmiş gene, gitmem bu gece ben eve, zıbarsın kalsın bir başına, dedi. Annem orda yatıyor, Şengül Abla ağlıyor, beni bir gülmek aldı, tövbe yarabbim. Öyle demeyin, insanın sinirleri boşanıyor. Neyse gene de bekledi sonuçta kadın benimle sabaha kadar. Demek ki kederi çokmuş bak, çok ağladı çünkü. Öyle kolay iş değil boşanmak. Herkesin başında var ama kimse cesaret edemiyor." "Ne münasebet canım, niye boşanalım?" diye atladı Nesrin yine. "Ayyyy sana bir şey olmaz Nesrin, bize diyor o, sen alınma üstüne" diye sakinleştirdik kadını. Ama hakkı vardı bak Ayşegül'ün. Benim de çok yardımıma koştu zamanında Şengül Abla. Şimdi dardadır belki. Bilemeyiz ki. Nasıl yapsak dedik, gelirse ne deriz derdimiz vardı, bir de şimdi üstüne nasıl edip de ihtiyacını sorarız derdi çıktı. Figen Abla, "Gün sırasını ona verelim" dedi. "Onuncu o, ona daha çok var. Öne alalım. Doğrudan teklif edilmez şimdi ayıp olur. Bak bak, bunlar da beni mi bekliyormuş, der. Öyle yapalım" dedi. Bu fikir makul geldi. Bundan sonraki gün Şükran'daydı. Şükran, benim evde tadilat var, Şengül Abla sen alır mısın günü, derse iş çözülürdü. Son kararı verdik. Gelirse hiç lafını açmayacaktık. Kendi bahsederse "Geçmiş olsun Şengül Abla" diyecektik. Altınları verirken de Şükran, tadilat madilat girecekti lafa. Bir ara Nurgül, "Ay geçmiş olsun da şey oluyor biraz, acaba hayırlısı olsun mu desek?" dedi ama karıştırma şimdi dedik, hayırlısı mı kalmış! Kadın kırk yıllık evliliğini bitirmiş, postalamış adamı evden, yaşına başına bakmayıp. Ne hayırlısı? Demek ki canına tak etmiş iyice. Etmiştir. Etmese kolay iş değil. Aynı şeyleri tekrar tekrar konuşurken, zil tekrar çaldı. "Ay valla geldi Şengül Abla" dedim sessizce. Herkes sus pus salonda. "Konuşun kız" dedim; aaaa bunlar da Şengül Abla'yı bekliyormuş gibi... Kapıyı açtım ki gelmiş. Boynun da bir kâğıt sallanıyor. Topluiğneyle yakasına tutturmuş küçük altın gibi. "Bu ne kız Şengül Abla, Allah iyiliğini versin!" dedim. Hiç ses etmeden ayakkabılarını çıkartıp salona girdi. Kapının ağzında durdu, ben de arkasındayım. Herkes bir ona bakıyor, bir bana. Kaş göz ediyorlar, bu ne diye. "N'oldu kız ne baktınız öyle? Mahkeme kâğıdı" dedi. "Kırk senedir boşanmaya çalışıyorum ben o adamdan. Boşadım sonunda, ohhh, taktım yakama. İstiklal madalyam bundan sonra bu benim!" dedi, koca bir kahkaha attı. E o öyle deyince biz de geçmiş olsun diyemedik tabii. Hayırlı olsun Şengül Abla dedik, kalktık sarıldık öptü. "Dur kız para da takalım dedi Nurgül. Düğün gibi olsun iyice..." Şengül Abla'nın boşanma ilamının ucuna hepimiz ellişer lira iliştirdik. E hadi bir haftalık pazar harçlığı da çıktı, gerisi Allah kerim.

Ömer

Kapalıçarşı'da beş saatçi dolaştı Hüseyin, hiçbirinin kapısından içeriye girmedi. Büyüktü saatçiler, vitrinleri ışıklıydı. Buranın müşterisi değildi, dükkânlar Hüseyin'e fazla geldi. Daha küçük bir saatçi bulmalıydı ki, içeriye cakasıyla girebilsin, kolundaki saati bütün havasıyla çıkartabilsin, "Aslanım, şu saatin içine Ömer yazıver" diyebilsin. Büyük dükkânlara giderse, saati gölgede kalabilir, dükkân sahibi, Hüseyin'in saati çaldığını bile düşünebilirdi. Olmayacak iş mi? Değil. Kimin kolunda var bugün böyle saat? Tamam Avrupa görmüş, Almanya'dan gelmiş bir adam olduğu belli, kılık kıyafet onu gösteriyor ama işçiliği, köylülüğü de belli. Bu zengin saatçiler kapıdan girer girmez anlar saatin kolunda iğreti durduğunu, küçük esnaf anlamaz diye düşündü, birkaç saatçi daha dolaştı. İki büyük dükkân arasına sıkışmış, "Metin Saat-Satış ve Tamir Yapılır" yazısını görünce içeriye girdi Hüseyin. Burası ona göreydi işte, küçük, ama büyükler arasında. "Aslanım, şu saatin içine Ömer yazıver" dedi saatçi çocuğa, kolundaki saati yavaş yavaş çıkartırken. Oğlanın yaşı küçüktü ama Kapalıçarşı'ya erken düşmüş, esnaflığın suyunu çekmiş, adam tavlamayı iyi öğrenmişti. Saate baktı, "Vaaayy, hakiki mi bu Ömer Abi?" dedi. "Ömer değil, Hüseyin, oğluma yazdırıcam, hakiki tabii ya ne sandın?" dedi Hüseyin gururla. Oğlan güldü, "Bir çayımı iç Hüseyin Abi" dedi, o daha olur demeden çay ocağına seslenen düğmeye bastı, "Hüseyin Abimle bana iki çay" dedi çocuk. Hüseyin'e çay ısmarladı, saatin içine Ömer'in ismini kazıdı, Hüseyin'e hiç yoktan bir saat sattı. Nasıl ikna olduğunu, saati nasıl beğendiğini ve hemen nasıl koluna takıp da Ömer'in saatini cebine koyduğunu anlamadı Hüseyin. Oğlan saatin içine Ömer yazarken, kafasını bile kaldırmadan, Hüseyin'in yüzüne bakmadan bağladı işi. Büyükler arasında küçük olmak bunu gerektirirdi. "Sen aklını peynir ekmekle mi yedin Hüseyin Abi? Bu saat kolundayken gezilir mi? Ortalık yankesici dolu, anlamazsın da alıverirler kolundan saati. Bir de Almanya'dan buraya saat kolumda geldim de de tam olsun, valla Allah korumuş Hüseyin Abimi. Abi yalnız sana da helal olsun, kral babaymışsın. Bu zamanda kim oğluna böyle saat alıyor, hem de hakikisinden. Bizim buraya çok Almancı müşteri gelir, saati kendilerine alırlar, çocuklara çikolata, şeker. Sen öyle değilsin bak, oğlana almışsın. Ama onlar da haklı Hüseyin Abi, düşün sen kalkıp elin dil bilmediğin, iz bilmediğin memleketine gidiyorsun, niye? Evdeki çocuklar doysun diye. Zorluğu çeken sensin, yalnızlığı çeken sensin, ama kolunda saat yok. O da olmaz Hüseyin Abi. İnsan biraz da kendisi için yaşayacak. Bak şu saat tam senin koluna göre, hakiki ama öyle çok pahalı değil. Kim bilecek Türkiye'den aldığını, Almanya'dan aldım diyeceksin, hakiki diyeceksin. Köylü ne bilsin burdan aldığını" deyip pek de zorlanmadan geçirdi saati Hüseyin'in koluna. "Bu saati de kadife keseye koyayım abi, aman diyeyim, çizilir mizilir. Sen bunu kadife kesede, ceketinin iç cebinde taşı, ortalık çok kötü, her yer yankesici. Daha dün bir bağrış koptu dışarda, adamın çantasını çalmışlar. Emekli ikramiyesi varmış çantasında, altın almaya gelmiş onunla. Gitti paralar, gitti o kadar senenin emeği. Polise gidiyorsun falan ama bulunmuyor be Hüseyin Abi. Zaten tee Almanya'dan gelmişsin, uğraşma şimdi polisle molisle. Sen koy bu saati cebine" deyip Ömer'in saatini de koydu Hüseyin'in cebine. İyi biliyordu saatçi oğlan müşteri tavlamayı, insanların korkularına doğru konuşmayı.

Hüseyin dükkândan çıkarken, içinde Ömer yazan saatin kadife kesesini ceketinin üstünden bir kez daha yokladı eliyle. "Vay anasını" dedi, "Almanya'da sokaktan aldığım saat burda amma para ediyor bak, saatçi şaştı kaldı saate." Kendiyle gurur duydu Hüseyin, kolundaki bu saati de hak etmişti, haklıydı saatçi oğlan, çok zorlanmıştı ilk zamanlar. Sonraları alışmıştı ama gurbetin ne olduğunu da öğrenmişti, yalnızlığın ne olduğunu da. Bu saati katiyen hak etmişti.

Ömer Hüseyin'in oğlu. Anasının karnında bırakmıştı Almanya'ya giderken. Sonra bir zarfın içinde doğum haberi geldi. Aynı mektubun içine anasının ölüm haberini de yazmıştı karısı. İşe bak dedi Hüseyin, anam ölüyor ama oğlum doğuyor. Karısı küçüktü falan ama akıllı kadındı. Ömer'in ayağını kömürle boyayıp basmış mektubun arkasına. İlk, ayağını gördü Ömer'in. Sonra el izlerini. Karısı mektubun arkasına Ömer'in elini koyuyor, tükenmezkalemle arasından geçiyor, Hüseyin'e oğlunun el izini gönderiyordu. Şimdi nasipse kendisini görecekti. Üç yaşına girmişti Ömer, yeni görecekti babasını. Hiç izne gelmemişti Hüseyin, çalışmıştı, para biriktirecek, kısadan dönüverecekti memlekete. Gelirken paraya kıyıp Ömer'e bir saat almıştı sokaktan, ucuzdu ama ona göre çok paraydı. Kadranı siyah, kordonu gümüş bir saat. Tam saati bavula yerleştireceği sırada, aklına düşmüştü. "Ulan" demişti, "şimdi bu bavulu yolda kaybedersem ben, saat bari gitmesin, koluma takayım öyle götüreyim." Yolda hep düşündü. Büyüyünce takar Ömer bu saati. Belki sünnet hediyesi yerine de olur, hatta az daha saklarsak düğünde takı yerine takarız. Ama başkaları da var köyden Almanya'ya giden. Onlar da saat alırsa çocuklarına? Ya aynı saati alırlarsa? Ya karışırsa saatler, alırlarsa Ömer'in elinden? Böyle vehimlerle geldi İstanbul'a. Yeşilköy'e iner inmez, Kapalıçarşı'da almıştı işte soluğu. En iyi çözüm saatin içine Ömer'in adını yazdırmaktı, şimdi alsınlar da göreyim Ömer'imin kolundan saatini diyordu içinden.

Köye varınca, kapandı eve Hüseyin. Önce karısını sevdi, sonra Ömer'i, sonra yine karısını. Gelen giden oldu hoş geldine, şeker ikram ettiler, ikinci kere gelene vermediler. Tamam elleri açıktı ama o kadar da değildi. Ömer'e aldığı saati ikinci günün sonunda verdi Hüseyin karısına. "Bunu sakla" dedi, "sünnetinde takacağız. Belki sünnete başka şey alırız işler iyi giderse, bunu düğünde takarız, evlenirken. Güzel saat ha, hakiki. İstanbul'da Kapalıçarşı'ya gittim saatle. Oranın en büyük saatçisine gittim, bizim köyün camisi kadar bir dükkânı var adamın, Kapalıçarşı'nın en büyüğü. Abi dedi adam, ben böyle saat görmedim. Bizim dükkânda böylesi yok. Bana sat, dedi. Satmadım. Oğlumun hakkı, dedim. Öyle bir saat, bunu iyi kolla, arada gösterirsin falan ama takayım diye isterse, sakın verme." Karısı saati alıp baktı, kendi kolunda denedi, Hüseyin kızınca kadife kesesine koyup saati sandığa yerleştirdi.

İzin; sayılı gün, geçiverdi. Hüseyin ver elini yine Almanya... Fakat o gidiş, son gidiş. Bir yıl düzenli para gönderdi Hüseyin, zarfın içinden çıktı, o da Ömer'le annesine yetti. Ama ilk yılın sonunda kesildi mektuplar. Kadıncağızın gözü yolda kaldı. Her hafta sordu muhtara, yok dedi, mektup yok. Mektup olmadığı gibi hayır haber de yok Ömer'in babasından. İhtimaller sıra sıra, fakat hiçbir ihtimal yalnızlığı, bir başınalığı, çaresizliği hafifletmiyor. Para yok, pul yok, gidecek kapı yok. İki yıl daha direndi öyle böyle; ama sonunda tamamen tükendi. Aklına Ömer'in saatini satmak geldi kadının. "İstanbul'un yolunu bilsem, gidip varsam Hüseyin'in Kapalıçarşı dediği dükkânı bulsam, adama bu saati bildin mi desem, parayı alıp gelsem" diye geçirdi aklından ama köyden dışarı çıkmamış o güne kadar. Yol bilmez, iz bilmez. Bildiği tek yer Cemal Ağa'nın tarlaları. Oraya çalışmaya gidiyor, herkes oraya gidiyor zaten. Bütün köy Cemal Ağa'ya çalışıyor. Ömer'in annesi bir öğle vakti çıktı Cemal Ağa'nın karşısına, saati gösterdi. Dedi ki "Çok meşhur saattir, İstanbul'da kime sorsan bilir, Hüseyin öyle anlattı. Oğlana saklıyordum ama dardayım, yanlış anlama da ağam bir yol yordam göstersen, bu saati satsam." Doğrudan sen al, diyemedi ağaya, bu kadarını dediği bile fazla. Ama anladı ağa, ağalar anlar. Ağalar anlaya anlaya ağa olur. Bir çuval un gönderdi evlerine, bir teneke de yağ, aldı saati ağa. Ederi değildi, ama o da ağaydı neticede. Ederinin altındakini vere vere gelmişti bugünlere. Takmadı ağa saati. Ne takacak, daha güzeli var onda. Parti başkanı getirdi bir ay önce, başkan hususi gönderdi dedi, oy istedi. Bütün köyün oyları o saatin akreple yelkovanı arasında. Aldığı saati, muhtarın oğluna sünnet hediyesi diye taktı ağa. Büyük hediye, kıymetini bil muhtar, Alamanya'dan hususi getirttim, dedi. Muhtar saati görünce eğilip büküldü ağanın önünde, fiyakalı hediye neticede. Fakat muhtara da caka değil, para lazım. Herkese lazım para. Ömer'in annesine de, Cemal Ağa'ya da, köylüye de, muhtara da... Düğünden sonra, ilçeye indiği bir hafta sonu, oradaki saatçiye satıverdi saati muhtar, selamete erdi. Kaç yaz, kaç kış geçirdi saat vitrinde, herkesin aklında silindi gitti.

Anadolu'nun saati güneştir. Güneş kimsesiz, taşlı yolların üzerinden, gece boyunca sarındığı yün yorganını çekerek uyandırır köylüyü. Onları tarlaya doğru çeker, işe doğru, eziyete doğru çeker. Yolları boş bırakır, meydan güneşe kalır. Taşra sessizliği diye bir şey var, bu sessizliğin içinde tozlu yollar, yıkık dökük ama bir kenarı çiçekli evler ve güneş dolanır sadece. Zaman şehirdeki gibi hızlı akmaz Anadolu'da, yollarda sürünür saatler, saat bir mi, iki mi, üç mü kimsenin işi değildir. Vakit aheste akar. Günlerin geçtiği, ayların değiştiği sadece mahsullerden, yılların geçişi de yüzlerden anlaşılır. Zaman yürür ve insanların yüzleri kırışıklıklarla dolar.

Yine böyle bir taşra sessizliğinde açıldı ilçedeki saatçinin kapısı. "Bir saat bakacaktım" dedi genç bir adam, "pahalı olmasın, hatta elden düşme varsa, daha da iyi olur." Saatçi, "Elden düşme yok" dedi, "hepsi yeni saatlerin. Ha dur bir tane var, ama içine sahibinin ismini yazmışlar. Takarsan, bir bak, güzel saat aslında." Baktı, saati eline aldı genç, "Benim işimi görür bu" dedi. "Öğretmenim ben, Hacılar'a atandım, teneffüs saatlerini ayarlayacağım, kaçırıyorum. Tam saatinde bitirelim dersi, tam saatinde başlayalım. Öyle değil mi?" "Hacılar'daki okula çocuk geliyor mu hâlâ yav?" dedi saatçi. "Geliyor tabii, taşıma sistem, civar köylerden de geliyor çocuklar, teneffüsü kaçırıyorum, saati o yüzden alıyorum." "Ne yazıyordu saatin arkasında, Ömer, ha, adın Ömer olsaydı bari." Güldü öğretmen: "Yok, adım Ali Rıza, ziyanı yok, bana içi lazım saatin, arkası değil; teneffüs saatlerini ayarlayacağım, kaçırıyorum."

Saatçi, öğretmenin arkasından baktı; dükkânın önündeki taburesine otururken "Dersi kaçırsan ne kaçırmasan ne; hepsi çiftçi olacak çocukların, teneffüsü ayarlasan ne, ayarlamasan ne?" diye söylendi.

Ali Rıza Öğretmen de böyle bir köyde büyüdü. Babası sert adamdı, kocaman elleriyle tokadı bastı mı, adamı yıkardı. En çok da Ali Rıza'nın annesini yıkardı. Herkes öyleydi orada, bütün babalar ve bütün kocalar elleri havada ve sinirleri tepelerinde gezer, en ufak bir gecikmede ellerini şak diye indiriverirlerdi. Köyde kalırsa onlar gibi olmaktan korkuyordu Ali Rıza; herkes gördüğünü işliyordu, gördüğünü yapıyordu. Babasına benzememek için öğretmen oldu. Babasına benzeyen babaların ellerindeki, kendisine benzeyen çocuklar için öğretmen oldu. Hacılar'a atandı senenin başında; okulun öğretmeni de o, hademesi de. Çevre köylerden çocuklar geliyor. Coğrafya ne tuhaf bir şey diye düşünüyor Ali Rıza Öğretmen; köylerin arasında ikişer üçer kilometre var en fazla, ama her köyden gelen çocuğun konuşması diğerinden başka. Bir düzen kurmak hayalinde öğretmen, bir şeyler yapma çabasında, heyecanında. Dört elle sarılıyor işine, ama işte teneffüs saatlerini ayarlamak lazım, dersler kaçmamalı. Bunun için tek eksikleri bir saat, öğretmenin kolunda illa bir saat olmalı.

Rüzgâr Hacılar'ın yollarını süpürürken, kolunda kadranı siyah, kordonu gümüş bir saatle girdi köye öğretmen. Ertesi gün ders zilini tam vaktinde çaldı. Derste gömleğinin kolunu hafifçe sıyırıp saate baktı birkaç kez Ali Rıza; öğrencileri de kafalarını uzatıp onunla birlikte baktı. Çocuklar zaten hayranlar öğretmenlerine, bir de kolunda saati var üstelik. Ali Rıza Öğretmen, beş yıl boyunca ders saatini hiç kaçırmadı, teneffüs saatlerini hiç aksatmadı, kim bilir kaç kez, aynı zarif edayla çekti gömleğinin kolunu, kaç kez baktı saatine, kaç gece çıkartıp yatağının başına koydu. Beş yılın sonunda başka bir okula tayin oldu Ali Rıza öğretmen. Son gün, son kez baktı saatine, son ders bitiminde. Günlerce kendi içinde yaptığı bir konuşmayı dudaklarından saldı Ali Rıza, son zili çalmadan önce. Hacılar'ı güneş terk etmiş, yerine yağmur gelmişti. Okulun koridoru akıyor, duvarlarında bayraklar sallanıyordu.

"Çocuklar, bugün dersi erken bitirdim, çünkü size başka bir şey anlatmak istiyorum. Bunun sizi üzeceğini biliyorum ama ben gidiyorum. Türkiye'nin başka yerlerinde de sizin gibi çocuklar var ve onların da öğretmene ihtiyaçları var. Bundan sonra başka bir okuldaki başka çocuklara öğretmenlik yapacağım. Sizin de yeni bir öğretmeniniz olacak. Öğretmeninizi üzmeyin, onu iyi dinleyin, derslerinizi aksatmayın. Teneffüs saatlerini uzun tutmayın, tam vaktinde dersinizde olun. Ben size bunca zamandır çok şey anlattım, bildiklerimi öğretmeye çalıştım. İyi insanlar olun, büyüyüp iyi yerlere gelin diye uğraştım. Size ilk geldiğim gün, 'Büyüyünce ne olacaksınız, diye sormuştum, hatırlıyor musunuz? Hiçbiriniz cevap vermemiştiniz, öylece sıraya bakmıştınız. Şimdi tekrar soruyorum. Herkes söylesin sıradan hadi, büyüyünce ne olacaksınız? Gitmeden öğreneyim?"

Lafı daha fazla uzatırsa ağlayacaktı Ali Rıza öğretmen, uzatmadı, topu çocuklara attı. En baştan başladılar saymaya. Çiftçi olacağım dedi kimisi, anne olacağım, muhtar olacağım, çok tarla alacağım ağa olacağım, babam gibi mandıracı olacağım, evleneceğim... Ali Rıza Öğretmen'in omuzları düştü. Ne kadar çabalasa da yenememişti Hacılar'ın kaderini. Cevaplar en son sıraya kadar böyle devam etti. Bir çocuk "Ben öğretmen olacağım" dedi. Ali Rıza başını kaldırdı. "Öğretmen olacağım, saat takacağım böyle, dersleri hiç kaçırmayacağım." "Gel Ömer" dedi, Ali Rıza öğretmen; "saati şimdiden tak oğlum koluna, derslerine çalış, çok çalış, öğretmen ol, ders saatlerini kaçırma, saatini de kolundan hiç çıkartma." Bütün sınıfın gözü önünde, arkasında Ömer yazan saati öğrencisinin zayıf bileğine taktı ve son zili Ömer'in çalmasına müsaade etti Ali Rıza Öğretmen. Bu, gerçeği gelecekte yaşanacak olan temsili bir devir teslim töreniydi.

Ömer, kolundaki saatle koşarak eve gitti okuldan sonra. Annesi içeriye su sızdıran pencerelere muşamba geriyordu. "Anneeeee bak, baaaak" diye uzattı kolunu. "Anne bak Ali

Rıza Öğretmen verdi, kendi saatini hem de. Gidiyormuş. Öğretmen olana kadar da, öğretmen olduktan sonra da çıkartma dedi. Arkasında Ömer yazıyor anne, arkasına da Ömer yazdırmış öğretmenim. Bana verdi" dedi, heyecandan kelimeleri yutarak. Annesi elindeki muşambalarla çöktü kaldı su sızdıran pencerelerin dibine. Ömer'in elinden tutup Ali Rıza Öğretmen'e gitti annesi, saati sordu, aslını anlattı.

Ali Rıza öğretmen başını otobüs camına yasladığında Hacılar'ı da, verdiği emeği de, çocuklardan aldığı cevapları da unuttu. Aklını dolduran tek şey; nasibinin seni bir gün mutlaka bulduğuydu. Her şey insana yazılıyor diye düşündü; ama bazen ulaşmıyor. Bilmediğimiz nedenlerle dolaşıp duruyor hayatın içinde. Bazen yanından geçiyor insan yazgısının, bazen elinden tutuyor ama bunun kaderi olduğunu anlamıyor. Tam yakalayacak gibi oluyor ama uçup gidiyor. Sonra bir gün, hiç hesapta yokken, hiç beklemezken, başka âlemlerdeki seyrini tamamlıyor senin olan şey, çıkıp geliyor ve seni buluyor. Ömer'in saati gibi...

Ali Rıza Öğretmen, biliyordu ki, günlerce başka kollarda gezen saat zaten Ömer'indi...

Son Durak

Otobüs o akşam hızlı geldi. Yolcular her zamankinden hızlı indi. Normalde daha çok oyalanıyorlar. Önündekileri itiyor, birbirlerine çarpıyor, bir türlü kapıya ulaşamıyor, bazen bu kalabalık ve yavaşlık yüzünden inecekleri durağı kaçırıyorlar. Bu sefer herhangi bir aksilik olmadı, trafik açıktı, şoför hızlı kullandı, insanlar otobüsün içine medeniyet gazı salınmış, onlar da solumuşlar gibi kibarca indiler. Son durağa iki durak kala indiğim otobüste her zaman tek kalırdım ve şoförün son durağa gerçekten gidip gitmediğinden hiç emin olamazdım. Ben onun aylardır son yolcusuydum. 22.45 otobüsü bizim mahalleye varana kadar 23.35 oluyordu. O saatte otobüste yaşlı ve çocuk bulunmuyor, kadın sayısı az oluyor, erkeklerin paçalarından yorgunluk akıyordu. Otobüsün camına mutsuz, yorgun ve düşünceli başlar yaslanıyor, herkes aşağıda gördüğü otomobilde oturanın kendisi olmasını diliyor, bu saatte nereden gelip nereye gittikleri üzerinde fikir yürütüyorlardı. Pek çoğumuza göre, otobüstekiler ekmeğinin peşinde koşmaktan geliyor, arabadakiler eğlenceli bir yemekten ya da en azından keyifli bir iş toplantısından dönüyordu. Bütün mavi yakalı erkeklerin, beyaz yakalıların hayatı hakkında kurduğu bu mutluluk düşünün en önemli çıkış noktası arabaydı. Araban varsa zengindin, araban varsa derdin yoktu, araban varsa istediğin yerden istediğin yere gider, işe geç kalmaz, sabah daha fazla uyur, akşam yemeğine yetişirdin. Bunların hepsi oluyorsa zaten mutlu sayılırdın.

Ben mavi yakalı değilim ama beyaz yakalı da değilim. Ne kadar beyaz gömlek giyersem giyeyim, yakamda kırışık izi bulunuyor ve ne kadar saklamaya çalışsam da bu görünmez iz karşıdan belli oluyor. Fakirlik öyle bir renk ki, hangi rengin üstüne giysen, karşıdan sırıtıyor. Beyaz yakalı olabilmek için, illa iki takım elbisemden birini seçiyor, içime mutlaka beyaz gömlek giyiyorum. Kravat da takıyorum hatta. Ama olmuyor, geçmişim, çocukluğum, memleketim, anamın sağdığı süt, babamın biçtiği ekin, sokaklarında koştuğum toz toprak gelip ceketin omuzlarına kepek gibi dökülüyor. Üstüme serpilen bu fakirliğin boyutunu, öğretmen olma ihtimalimin ailede milletvekili olmuşum gibi etki yaratmasından anlayabilirsiniz. Eğitim fakültesini kazandığım için ağlayan anne babam, mezuniyetimde yakama küçük altın takacak kadar gururlu; giderken "Altını sen kaybedersin şimdi, düğününde tekrar takarız" diye geri alacak kadar da yoksuldu. Öğretmen olmamın verdiği mutluluk onlara bin yıl yeterdi, öyle çoktu, ama bu mutluluk karın doyurmuyor, yeni mezun bir öğretmenin aldığı maaşsa hem bana hem onlara destek olmama maalesef yetmiyordu. Sonuçta başka bir şehirdeydim, kirası ne kadar ucuz olsa da, içinde zaman zaman farelerin gezdiği ayrı bir evde yaşıyordum. Karşı komşum depo, yan komşum kömürlüktü. Apartmanın en alt katına, kat maliklerinin ihtiyaçları için ufak tefek bir gelir elde edebilmek adına küçük bir oda, banyo, tuvalet ve mutfak yapmışlar, kiracı diye de beni bulmuşlar. Apartmanın bir kapıcısı var ve o benim üst katımda oturuyor. Statü olarak resmen yerin dibindeyim. Ama elimden bir şey gelmiyor, çünkü iki kız kardeşim de üniversitede okuyor ve onların abisi, parasız okumanın ne olduğunu çok iyi biliyor.

O akşam son durağa iki durak kala değişik bir şey oldu. Her zamankinden farklı olarak tek kalmadım otobüste. Biri daha vardı. Kızıl saçlı kız. Paltosunun yakasından dökülen saçlarını eliyle topladı ve çantasından çıkarttığı tokayla saçını atkuyruğu yaptı. Arkadan görüyordum, aramızda dört koltuk vardı. İneceğim durağa geldim, inmek için yerimden kalktım ve otobüs şoförüyle dikiz aynasında göz göze geldim. Düğmeye basmak için kapıya gittim. Sonra kızın benden sonra otobüste yalnız kalacağı aklıma geldi. Muhtemelen bir sonraki durakta ya da kesinlikle son durakta inecekti. Ama o zamana kadar şoförle yalnız kalacaktı. Zeynep ve Elif aklıma geldi. İkisi de bu kız gibi öğrenciydi başka şehirlerde. Böyle otobüsle okula gidip geliyorlardı. Her telefonda tembihliyordum, "Geç saate kadar dışarda kalmayın, hava kararmadan eve gidin, otobüste, dolmuşta tek kalırsanız, durağa gelmeden inin, başka otobüse binin" diye. Bu haberler, gazeteler paranoyak yapmıştı hepimizi. Sonuçta şoför de ekmeğinin peşinde. O da aile babası, o da ahlaklı, namuslu, delikanlı adam ama yine de abiyim ben. İçine bir kurt düşünce duramıyor insan. Kıyamıyorum kızlara, sade bizim kızlara değil, hiçbirine kıyamıyorum. Otobüs şoförüne tekrar baktım, adam normal görünüyordu ama sanki gözü de göz değildi. Otuz yaşında falan ya var ya yok; genç. Kız ondan daha da genç, üstelik güzel. Yani kesinlikle o gözle bakmıyorum, kardeşim yerindedir ama Allah için kız güzel.

Butona basmadım ama şoför otobüsü durdurdu beni ayakta görünce. Zaten her akşam aynı durakta iniyordum. Öğretmendim evet ama okul çıkışı bir kitapçıda çalışıyor, saat onda kitapçı kapanınca, 22.45 otobüsüne biniyor ve aynı durakta iniyordum. Bu kez inmedim. Hemen oracığa oturuverdim. Şoför ters ters baktı ama bakarsa baksın. Butona basmamışım kardeşim, inecek var dememişim, müsait bir yerde dememişim, sadece ayağa kalkmışım, sana mı dert, inmiyorum dedim içimden, kasıldım koltuğa. Bir sonraki durakta kız inerse ben de inecektim, inmedi, bekledim. Son durağa kadar ilk kez geliyordum. Otobüs şoförü otobüsü park etti ve kapıyı açtı. Beklememi gerektirecek bir şey yoktu, indim. Kız da arkamdan indi. İnince bekleyemedim, beklerdim aslında ama inmişsin otobüsten niye bekleyeceksin? Kıza baktım çok yavaş yürüyor ama yürüyor, ben de otobüsün aksi istikametinde yürüdüm, iki durak aşağıya doğru saldım kendimi. Geriye dönüp bakmadım. Kızı tedirgin etmek istemedim. Yoksa evine kadar takip edebilir, eve girdiğinden emin olunca dönebilirdim. Bir şey olmazdı artık zaten, sokakta evler var, kız bir bağırsa illa birileri çıkar; zaten yolda tekel bayii de var, onu gördüm, gece on ikiye kadar açıktır onlar. En kötü kızın sesine o çıkar, kurtarırdı kızı. Mühim olan otobüsten inmesi kızın. Sonrasında her kadın savunabilirdi kendini ama otobüste tek kalırsan adamın elindesin, sürüverse otobüsü başka yere, bitti. Bin çeşit insan var. Belki de iyi bir adam ama yine de ne bileyim, Allah affetsin. En iyisini yaptım diye düşündüm. Benim de kız kardeşlerim var, ne olur ne olmaz. O iki durağı yürümem yarım saatimi aldı. Hava soğuktu, kabanıma sıkıca sarındım, atkımı boynuma sardım. Yol yokuş aşağıya iniyordu, hızlı hızlı yürüyünce biraz daha ısındım. Eve girdiğimde saat on ikiydi. Sabah altıda kalkacak ve derse gidecektim. Bu düzen iki senedir böyleydi ve iki sene daha devam edecekti.

Ablam ve iki abim okumadı. Erkenden evlendirildiler. Ablam alkolik bir adamın pis sularında debelenirken üç çocuk doğurdu ve bir bataklığın içine çakıldı kaldı. Kimse onu kurtaramadı. Henüz kırk yaşında olmasına rağmen ağzında diş kalmadı. Abilerim yıllardır kadroya geçme ümidiyle fabrikada çalışıyorlar ve her yıl tam da kadro geldi dediklerinde işten çıkartılıyorlar. Yeniden asgari ücretle işe alıyor işverenler. Fabrika sahibinin parmağının küçük bir hareketiyle çevirdiği çarkın içinde fareler gibi dönüyorlar. Bu örneklerden biri de ben olmayayım diye, lisede gizli gizli ders çalıştım. Yoruldum dediğimde ablam geldi aklıma ve onun dişleri, dökük ve çürük dişleri. Ben çocukken onun ne kadar güzel bir kız olduğunu, ne kadar güzel güldüğünü düşündüğüm sabahlar geldi aklıma. Sonra dişleri... Motivasyonumu ablamın eski gülüşüne, yıllar içinde kaybettiği dişlerine ve sonunda konuşurken bile elini ağzıyla kapatışına borçluydum. Ablam gülerek ve gülmeyerek kamçıladı beni.

Üniversiteyi kazanınca evden ayrıldım. Okula kayıt olduktan sonra ilk yaptığım şey iş aramak oldu, yurt aramak değil. Buldum ve dört yıl boyunca kadınların oraya doğru çekiliyormuş gibi geldiği ve kendini kaybederek kıyafetleri oradan oraya attığı bir mağazada reyon görevlisi olarak çalıştım. Mağaza her alışveriş merkezine, üzerine dükkân açılabilecek bütün caddelere şube açmıştı. Piyasadaki pek çok mağazaya göre fiyatları daha uygundu ve kadına, erkeğe, çocuğa, bebeğe ürün satıyordu. Resmen Türkiye'nin kıyafet devi olup çıkmıştı marka, bütün kadınları ellerinde poşetlerle yutan bir dev. Ürün fiyatlarının ucuz oluşu, garip bir şekilde mağazaya gelen kadınların alışveriş alışkanlıklarını değiştiriyordu. Mola saatlerimde onları gözlemliyordum. Fiyatların yüksek olduğu mağazalarda aynı şekilde davranmıyorlar, içeriye daha kendilerine güvensiz giriyor, reyon görevlilerine daha nazik davranıyor ve ürünlere daha ürkek dokunuyorlardı. Ama bizim mağazaya girince içlerindeki mahalle kadını uyanıyor, ürünleri reyondan alıp sanki kendilerine layık ürünler değillermiş gibi hor tutuyor, beğenmediklerini tezgâhların ya da başka ürünlerin üstüne bırakıveriyor, kasada falan sanki onlara bu kıyafetleri zorla satıyormuşuz gibi bir tavır takınıyorlardı. Anlıyordum ki, fakirlik ve ucuzluk aynı şey; biri insana, biri eşyaya mahsus; ikisi de sevilmiyor, ikisinde de tüm samimiyetine rağmen değersizleşiyorsun.

Dört yıl bu mağazada kıyafet katladım, rüyalarımda kendine dar kıyafetler alan, bol kıyafetler alan, tam kıyafetler alan kadınlar gördüm. Aldığım maaşla okudum, mümkün olduğunca paramı artırdım. Artırdıklarım Zeynep ve Elif'in dershane parasının büyük bir kısmını karşıladı. Kız kardeşlerim üniversiteyi kazandıklarında ben işe başladım. İki senedir hem okulda hem kitapçıda çalışıyor; gece on bir buçukta eve geliyor ve çoğu zaman yatağa geçmeye fırsatım olmadan, kanepenin üstünde sızıp kalıyordum. Şimdi bir de kızıl saçlı kızı takip etme işi eklenmişti. Bir sevgilim olmadığı için fakülteden bir arkadaşım, "Bütün kızları kardeşin gibi görüyorsun, heykeli dikilecek adamsın" demişti. Galiba haklıydı. Ama heykelim dikilirse kızlar okuyamazdı.

Ertesi gün okula giderken kızı unuttum, dönüşte de unuttum. Otobüse orta kapıdan bindim. Bir gece önceki nezaket gazı bu gece salınmamıştı. Herkes kümeste tepişen tavuklar gibi kımıldanıyor, otobüsün tutamaklarından tutunup yüzlerinde en ufak bir ifade olmaksızın sallanıyordu. Duraklar ilerledikçe insan sayısı azaldı. Sonunda oturabildim. Birkaç durak sonra ön tarafta kızıl saçlarını gördüm. Kız yine otobüsteydi, yine en önde oturuyordu. İlk duraktan biniyor olmalıydı, yoksa öyle en öne oturmak pek kolay değildi bu hatta. İnmem gereken durağa geldiğimizde yine üç kişi kalmıştık. Ben, kızıl saçlı kız ve genç, yakışıklı ve çakal bakışlı otobüs şoförü. Şoför yine ineceğim durakta durdu ama kalkmadım. Bugün de kızı ona bırakmayacaktım. Dikiz aynasından bir bana, bir kıza bakıyordu. Kımıldamadım. Mecburen otobüsü hareket ettirdi. Son durakta kız otobüsün ön kapısından indi, şoför otobüste kaldı, ben orta kapıdan indim. Yine durmaksızın yoluma devam ettim. Yarım saat yol yürüdüm. Ertesi gün de aynı şey oldu, sonraki gün de. Mevcut yüküm yetmiyormuş gibi, tanımadığım kızın evine sağ salim gidişini de kendime vazife edindim.

Fakat günler geçtikçe otobüs şoförünün bakışları bakışlıktan çıktı. Otobüse her bindiğimde beni kesiyor, kıza bakıp bakmadığımı kontrol ediyor, son üç durakta resmen yola değil bana kilitleniyordu. Rahatsızlığım gittikçe arttı, bu adamın kızda cidden gözü vardı, daha ilk gün içime doğmuş demek ki. Ben otobüsten kendi durağımda insem, hemen kaçıracaktı kızı, çok belliydi. Ama ne pahasına olursa olsun, soğuktan her gece kıçım da donsa eve dönerken, o kızı bu adama yem etmeyecektim.

Bir akşam otobüste dört kişi kaldık. Kimdiler bilmiyorum, iki genç çocuk daha kaldı otobüste son iki durakta. Genç çocuk dedim ama benden büyükler belki de, ben daha yirmi beş yaşındayım neticede ama ruhum kırk beş. Nerden baksan iki çocuk okutuyorum iki senedir, bir de kendimi yetiştiriyorum, etti üç, sınıf mevcudum da kırk iki. Etti sana kırk beş. Her çocuk ayrı bir yük, her çocuk ayrı bir sorumluluk, ayrı bir yaş üzerimde. Büyümeden yaşlandım resmen. Şimdi bir de kızıl saçlı kız eklendi. O belki benle yaşıt ama kesinlikle benden genç olduklarına emin olduğum, çünkü kot pantolon giymişler, iki delikanlı otobüsten benden önce inmedi. Son iki duraktayız, ama hâlâ oturuyorlar. Eyvah dedim, oldular üç kişi. Şimdi ben bu durakta insem, kızı kesin kaçırırlar. Hayır, inmesem ve üçü istese beni de kaçırırlar. Kurtulamayız ellerinden, kızıl saçlı kızla birlikte ben de gümlerim arada. Allah korusun. Bu düşünce aklıma son duraktan bir önceki durakta geldi ve son durağa kadar dua ettim. Neyse ki gençler otobüs durunca hızlıca inip gittiler. Hızlı olursunuz tabii, gençsiniz.

Kızıl saçlı kız için son durağa kadar gitme ve yürüyerek eve geri dönme kararımı sebatla yerine getirdim. O on gün hava sıcaklığı gittikçe düştü, kar yağdı; daha önce hiç tipi görmedim ama tipi gibi bir şey çıktı, yanaklarımı köpek gibi ısırdı. Yine de bırakmadım kızı. Bir gün hastalandım. Boğazım şiş, ateşim çıkmış, perişan haldeyim. Rapor alsam, okula gitmesem diye düşündüm. Ama çocuklar dersten geri kalacak, telafi ederim ertesi gün gerçi ama okulu ayarlasam akşam kitapçıyı ayarlayamam. Gelmiyorum dersem, iyi gelme, başkasını buluruz diyebilirler. Başkasını bulurlarsa Elif ve Zeynep ben iş bulana kadar zorlanır. Hadi başka birini bulmadılar, "Tamam Melihçiğim gelme, sen dinlen, topla kendini, iyileşince gelirsin, senin için yapabileceğim bir şey var mı?" dediler mesela gerçek bir insan gibi. Bu sefer de kızıl saçlı kız var. Onu ne yapacağız? Otobüs şoförü dinlemez ki. "Melih Beyimiz hastalandı, gelmedi bu akşam, o zaman ben bu kıza yan bakmamayayım" diyecek hali yok. O an kapar kızı. Son duraktan sonra inşaatlar başlıyor. Çekiverir otobüsü inşaatın oraya. Allah korusun! Kalktım, giyindim, sürüne sürüne kahvaltı yaptım. Doktora gidecek vaktim de, takatim de yoktu. İlaç çekmecemi açtım, bulduğum bütün ilaçları atarım buraya. Bir antibiyotiğe başladım kendi kendime. Belli antibiyotiklik hastayım, bunu bilmek için doktor olmaya gerek yok, paralanıyor boğazım. Bir ağrı kesici aldım, iliklerime kadar ağrı içindeyim. Bir vitamin gördüm ilaçların arasında, bir tane ondan yuttum. Tam çekmeceyi kapatırken kutunun üstünde soğuk algınlığı yazdığını gördüm. Ben kesinlikle soğuk algınıydım, perişan etmişti o gece soğukları beni. Bir tane de soğuk algınlığı ilacı içtim. Boğazım yumuşasın diye de pastil aldım. Bir üstüme benzin döküp kendimi yakmadığım kaldı. Bütün çocukların, sınıftaki öğrencilerin, Elif'in, Zeynep'in ve kızıl saçlı kızın selameti için iyileşmek zorundaydım. İyileştim.

Kızı ilk gördüğüm günden on beş gün sonra yılbaşıydı. Yılın ilk günü çalışmadım, okul tatil, kitapçı kapalı. Bütün gün evde oturdum, kitap okudum, evi temizledim, yemek yaptım. Akşam saat dokuz gibi, bir otobüs geçti zihnimden. Eyvaaaah, dedim, bana tatil ama otobüsler çalışıyor. Kız? Bilmiyorum ki kız ne iş yapıyor? Bana öğrenci gibi geldi ama olmayabilir de. Belki bir yerde çalışıyor. Belki bir restoranda garson. Olamaz mı? Gayet mümkün. Hatta öğrenciden daha mümkün, 22.45 otobüsüne binen öğrenci mi olur? Garsonsa mesela, o saate kadar çalışıyordur. E o saate kadar çalışıyorsa, bir ocakta da çalışıyordur. Restoranlar ilk gün de çalışıyor. Eyvaaah, kız otobüste yalnız, otobüs şoförü zaten otobüste. Kaldılar mı baş başa? Hemen giyindim, koşa koşa çıktım sokağa, ilk gelen otobüse bindim. Bizim durakta durmuyordu, ama sonuçta gidiyordu şehre; az yürürdüm. Yeter ki bir an önce yetişeyim. Yollar boştu, yetiştim, hatta 22.15 otobüsü geldi durdu önümde, ama binmedim. Kız binecekse 22.45 otobüsüne binecekti, bu otobüs şoförüyle derdim yoktu benim, alıp veremediğim öbür şoförleydi. Yarım saat durakta bekledim, hava soğuktu, hareket olsun diye ATM'ye yürüdüm, kızlara para gönderdim, biraz da kendim için çektim. Tekrar durağa döndüm, beş dakika sonra geldi 22.45 otobüsü. Şoför koltuğuna avına yaklaşan aslan gibi oturmuş bizimki. Otobüste çok az kişi vardı ve kız yoktu. Derin bir nefes aldım. Yine de iyi ki gelmişim dedim. Bir derin nefes daha alıp verdim. Kız garson değildi... Bu kez kendi durağımda indim, doğru eve gittim. Şoför ben inince ters ters baktı, bakarsın tabii. Biri planlarını bozdu. Ben hesapta yoktum. Kıza yaklaşırken beni düşünmemiştin. Aha, bakarsın şimdi arkamdan öyle. Sahipsiz sandın di'mi kızı, çakal...

Ertesi akşam mesaimiz aynen devam etti. Kız otobüsteydi, yine son durakta indim. Bir akşam otobüs yine son durakta durdu, kız şoföre bir şey söyledi, şoför kafa salladı ve kız indi. Ne dediğini duyamadım, arkadaydım ama çok kısa bir şeydi. Görüşürüz demiş olabilir ama insan şoföre neden görüşürüz desin ki? İyice kıllandım. Vay adi, dikiz aynasından kese kese kandırmış kızı. Ama bir şey olmadı Allah'tan, kız hızlı hızlı yürüdü gitti, ben de evin yolunu tuttum. Ertesi gün kız yine şoföre bir şey söyledi ve orta kapıdan indi bu sefer. Yüzünü gördüm, gülümsüyordu. Dikiz aynasından şoförün yüzünü gördüm, o da gülümsüyordu. Bu iki küçük belli belirsiz yüz ifadesi tokat gibi çarptı yüzüme. İşi pişirmiş bunlar, bağlamış şoför kızı. Belki de fazlalık olan benim. Ben olmasam son iki durakta basıp gidecekler inşaatın oraya. Belki de şoförün evine. Olamaz mı? Olur. Ama olmasın. Kıza çok yazık ya. Öğrenci o daha. Gencecik kız, önüne daha iyi fırsatlar çıkar, ne bileyim bir öğretmenle evlenir belki. Şoförden daha iyi hiç olmazsa. Mani olmak lazım bu işe ama nasıl? Elif veya Zeynep, gelseler deseler ki, "Abi ben âşık oldum, bu şoförle evleneceğim", beynimden vurulurum. Gerçi âşıksa evlensin tabii, saygı duyarım sonradan, anlarım. Ama bunlarınki aşk değil, kız yirmi gün önce bindi otobüse, şoförün bunda gözü vardı, evleneceğiz diye kandırdı kızı dikiz aynasından. Başka türlü olamaz.

O gece yatağın içinde döndüm durdum. Uyuyamadım. Bir şekilde engel olmam gerekiyordu. Belki de kendim kuruyordum ama kız da gülüyordu, şoför de gülüyordu. İkisi de güldü birbirine. Ben neciyim orada ya?

Bir sonraki akşam tekrar bindim otobüse, sondan beşinci durakta insan sayısı azaldı, kızın arka koltuğu boş kaldı. Her şeyi göze aldım ve kalkıp kızın arkasına oturdum. Kalbim yerinden çıkacak gibiydi, ellerim titremesin diye ön koltuğa tutundum. Şoförle göz göze geldik kırmızı ışıkta. O gözünü kaçırmadı, ben de kaçırmadım. Kırmızı ışık boyunca bakıştık. Kızın saçlarının kokusu geliyor burnuma bir yandan. Kendime kızıyorum, kardeşim yerinde kız yahu. Şimdi Elif veya Zeynep otobüse binse, biri saçlarını koklasa... Kendimden utandım. Başkasından ne farkın var senin şerefsiz Melih, dedim. İnmem gereken durağa geldim, ama kımıldamadım. İnmeyeceğim. Bu kızı sana yem etmeyeceğim.

Son durağa gelirken kızın telefonu çaldı. Efendim, dedi. Çok güzel efendim, dedi. İnsan bu kadar güzel efendim, diyebilir. Biri bana böyle efendim dese, ayaklarına kapanırım. Annesiymiş. Geliyoruz, dedi. Geliyoruz mu? "Bitti, bitti, valla bitti staj. Çok zordu yaa, neyse. Kutlayalım diye pasta aldık" dedi. Pasta aldık mı? Baktım kucağında pasta paketi var. Pasta tamam da o "dık" ne? "Tamam, vereyim" dedi. Telefonu şoföre doğru uzattı, "Abi annem seni istiyor" dedi. Abi mi?

Şoför telefonu aldı, "He anacım" dedi. Dediği anda durdurdu otobüsü, gelmişiz. Kalkamadım yerimden. "Bi dakka anacım" dedi. Bana döndü, "Geldik arkadaşım, son durak" dedi. Utanarak, yerin dibine batarak, sürünerek, ağlamamak için kendimi zor tutarak indim otobüsten. Bütün vehimlerimi, kızın saçlarının kokusunu, yirmi bir günlük düşlerimi, Zeynep'i, Elif'i, şoförün aldığım günahını, otobüsteki herkesi atkı yapıp sardım boynuma. O gece ısınamadım, ısınamadım, ısınamadım...

Muzaffer Bey ve Büyük Düşmanı

Kendimi bildim bileli Muzaffer Bey'in yanında çalışıyorum avukat hanım. Yirmi yaşındaydım tanıştığımızda. Açıkça söylemek gerekirse zaten pek öyle bir gelecek hayalim falan yoktu; Muzaffer Bey benim gelecek hayalim oldu. O ne derse onu yaptım. Adam daha ilk gün "Okulu bırak" dedi, o gün bıraktım. Kendisini dinledim, anlattıkları o zaman için makul geldi. Beni şöyle bir süzdü. "İktisat okuyorum, dedin. Daha da üçüncü sınıftasın. Okul bitip de iyi bir iş bulana kadar kendine ayda şu kadardan yılda bu kadar yatırım yapacaksın. Sende öyle tahsil artırayım deyip ders peşinde koşacak tip de yok. Ders peşinde koşacağına para peşinde koş. Elbet okulu uzatırsın, öyle görünüyor. Hadi bitirdin ve kendine bir hayat kurdun diyelim, ev kirasıydı, elektrik, su, yakıttı derken çok açılırsın. Anan baban rahat durmayacak, evlen diyecek, masrafın iki katına çıkacak. Karartma hayatını. Gel benim yanımda çalış, bana tam senin gibi bir genç lazım, ben sana iktisadın feriştahını okuturum" dedi. Beni işe aldığı o günü hayatım boyunca unutamam, çünkü bir daha asla öyle bonkör bir gününü görmedim. Ben Muzaffer Bey için küçük de olsa bir masraf kapısıydım ve o bana para verecekti. Hem de yirmi yıl boyunca. Tamam maaşımı yirmi yıldır neredeyse hiç artırmadı, ama benim de böyle bir talebim olmadı. Ha diğer yandan, adam o ilk gün dediğini yaptı mı? Yaptı. Bendeki finans bilgisi, üniversite hocalarında, ekonomi yazarlarında yok; en kralı gelse alırım ölçüsünü. İktisadın babası diye Adam Smith'i anlatıyorlar fakültede, yalan! İktisadın babası Muzaffer Bey kardeşim, ben adamın son yirmi yılına anbean tanığım, böyle bir iktisat görmedim. Affedersin çıkarttığı boktan yağ imal edip satışa sunacak potansiyelde bir ekonomi anlayışı var kendisinin.

Okulu bıraktığım gün, Muzaffer Bey'i ilk kez gördüğüm güne denk gelir. Ben yirmi yaşındaydım o zaman, Muzaffer Bey elli yaşında. Kuzgun Sokak'ta bir toptancı dükkânı var, onun içinde de bir yazıhanesi. Takvimler 98'i gösteriyor, ama dükkân 1950'lerin dükkânı. Yazıhanenin içinde tenekeden, çekmeceli bir masa, masanın üzerinde çevirmeli bir telefon, yanında sarı telefon rehberi, rehberin üstünde turuncu ve mavi kapaklı kalemler, ahşap sandalyeler, küçük tüp ve üzerinde bir çaydanlık, kapıda boncuklu bir sineklik. Toptancıda zaman durmuş resmen, yıllar buraya hiç uğramamış. Geçip giden zaman bu kapıdan içeriye kesinlikle girmemiş. Baktım duvardaki takvim 87'nin takvimi, indirmemiş adam, ama üstünü karalamış, çok karalamış hem de, günler gözükmüyor. Ben ev kiralamak için girdim Muzaffer Bey'in toptancı dükkânındaki yazıhanesine. Bir arkadaşım görmüş evi, git bir konuş, ben depozitoda anlaşamadım, belki sen tutarsın, dedi. Önce toptancı dükkânından sonra o milatlık yazıhaneden içeriye girdim. "Kiralık daire için gelmiştim" dedim. "Hangi daire?" dedi. Bilmiyorum ki hangi daire? "Ulus'taki daire, çatı katı, arkadaşım söyledi" dedim. "Hangi çatı katı?" dedi. "Ulus'ta" dedim. Ev hakkındaki bütün bilgilerim bu kadar olduğu için aynı şeyleri tekrarlayıp durdum. "Ulus'ta üç tane çatı katı var kiralık" dedi adam ve masanın karşısındaki duvara monte, iki kapaklı, ahşap dolabı bir anahtarla açtı. Dolapta takribi yetmiş, seksen tane çivi çakılı. O zaman için takribi diyorum. Şimdi tam sayıyı biliyorum. Sonradan çok çivi çaktık oraya, safları sıklaştırdık. Şu an çivi sayısı 210. O zaman yetmiş beşmiş, o haftanın sonunda öğrendim. Her çivinin ucunda bir anahtar sallanıyor. Üç anahtar seçti ve "Gidelim" dedi, "hangisini beğenirsen..." "Emlakçı mısınız, benim emlakçıya verecek param yok yalnız" dedim vaziyeti görünce. "Benim de emlakçıya verecek param yok" dedi, "bizzat kendim kiralıyorum dairelerimi." "Vay anasını" dedim, "hepsi bununmuş ya la dairelerin..." En ucuz çatı katında karar kıldım, "Ben şunu tutayım" dedim. "Tut" dedi, "kira bu kadar tamam ama üç kira bedeli depozito isterim. Duvara çivi çakarsan, her çivi deliği başına depozitonun yüzde onunu keserim. Kırılan fayanslardan yüzde on beş, zarar gören kapı kulpları yüzde 5, badana gerekirse depozitonun tamamını yakarım" falan sayıyor Muzaffer Bey. Ezberlemiş artık zaten, otomatik ve yüzdeli tehdit ediyor evle ilgili. "Yalnız abi, ben öğrenciyim, bu kadar depozitoyu hayatta ödeyemem, indirim mindirim" derken Muzaffer Bey sonraları sık sık göreceğim o başka âlemlerden gelen yüz ifadesine büründü. O gün Muzaffer Bey'in bu yüzünü ilk görüşümdü. Çenesi dışarıya çıktı, alt dudağı üst dudağının üstüne bindi, ifadesi dondu, bütün mimikleri söndü, gözler delici bir sabitlik kazandı, mıhlanmış gibi baktı ve "Zaten para yok, ben de zor durumdayım, mümkün değil, yarın ne yiyeceğimiz meçhul, ülke zor durumda, Rusya mahvetti bizi" falan diye başladı. Depozitodan başlayıp ne ara global ekonomiye bağlandık anlamadım ama ben de Kayseriliyim; yandım diyene hemen su verecek adam değilim. Öyle tuttuğumu kolay kolay bırakmam; bakın Muzaffer Bey'i tuttum, yirmi yıldır bırakmadım. O gün biraz ben zorladım, biraz o; biraz ben yalvardım, biraz o; üç indik, beş çıktık derken baktık ki dört saat boyunca üç kuruşun hesabını yapmışız; o akşamın sonunda Muzaffer Bey, beni okulu bırakıp kendi yanında çalışmaya ikna etti. Aynı anda kendisi de yanında birini çalıştırmaya ikna olmuş oldu. Yoksa katiyen paraya kıyıp da kimseyi yanına almazdı. Şimdi soracaksınız, depozitoda indirim yaptı mı, diye. Yapmadı, çünkü ben de evi tutmadım. Kendime toptancı dükkânında bir yatak yaptım.

Ben Kayseriliyim, Muzaffer Bey eski Kayserili; benim en çok kütüğümü seviyor. Kütükleri değişebiliyor olsak, o saat değiştirir; onun için Kayserili olmak eski bile olsa gurur vesilesi. Aslen Kozaklı'nın köyündendir Muzaffer Bey. Köy eskiden Kayseri'ye bağlıymış, sonra Kırşehir'e bağlanmış, yetmemiş ondan ayrılıp Nevşehir'e dahil olmuş. Böylece Muzaffer Bey'in memleket algısını yerle bir etmiş hükümetler. Hiç hemşerisi yok, kimsenin gözünün yaşına bakmıyor, sadece Kayserililere karşı hafif bir sempati besliyor, o kadar.

Muzaffer Bey'in dükkânında çalışmaya başladığım günden beri birlikte para hesabı yapıyoruz. Benden gizlediği hesapları olduğunu da biliyorum. Ama bildiklerimi size anlatayım, siz artık oradan bulun buluşturun devamını avukat hanım. Toptancı dükkânı kendisine babasından kalmış. Aslında anlattığına göre annesi de babası da normal insanlarmış, iki normal insandan bu Muzaffer Bey niye böyle çıkmış bilmiyorum. Muzaffer Bey'in babasında sıkıntı yok aslında, genler dededen geliyor benim anladığım. Asıl parayı bulan dedeleri. Gömü bulmuş adam tarlada, sonra tası tarağı toplayıp Ankara'ya yerleşmiş. Dedenin üç oğlu olmuş, ikisi de kendi sağlığında ölmüş, Muzaffer Bey'in babası Arif Bey kalmış bir tek. Babasıyla birlikte bu toptancılık işine girmişler, Arif Bey pek iş kotaracak adam değilmiş. Dedesiyle birlikte dükkâna gelip gitmeye başlamış Muzaffer Bey çocukluğunda, ülkenin sıkıntıda ama işin de iş olduğu zamanlar. Adam çocukken solumuş para kokusunu; düşünsene kimsede yok, bunlarda gani. Sonra dede ölmüş. Muzaffer Bey ticaretle ve dükkânla ilgili babasından daha çok şey biliyormuş o yaşında. Babası takıldığı yerde Muzaffer'e soruyormuş. Anne babasına "Bana kardeş yapmayın sakın" demiş. Annesi hamile kalmış bir kere, anasının karnını tekmelemiş, düşmüş bebek. Herkes "Tek çocuk ya kıskanıyor anne babasını" falan demiş ama itiraf ediyor zaten Muzaffer Bey; mirasçı istemedim diyor. Miras bölünmesin diye kardeş istememiş adam, düşün avukat hanım. Gerçi onu dinleyen olmazdı da, gözü dışardaymış Arif Bey'in zaten, evle pek işi olmazmış, anladığım kadarıyla işle de işi yokmuş. Zaten alkol komasına girip de ölmüş. Arif Bey hakkında bu kadar bilgim var. Babasının vefatı için, "İyi oldu, varlığı külliyen zarardı, batıracaktı bizi, mekânı cennet olsun, nur içinde yatsın, onun yeri orda iyi" diyen bir evlat bu Muzaffer Bey. Anasını da tekrar evlendirmemiş, böylece koca dükkânın başına daha on beşinde geçip oturmuş.

Sakin biridir Muzaffer Bey, öyle çok hızlı hareket etmez, bence damarlarındaki kan da tasarruflu akıyor, o yüzden bu kadar yavaş. Neyse, on sekiz yaşına girince ilk evini almış, sonra ikincisini, öyle böyle derken emlak kralı yapmış kendini. Dükkân da devam ediyor zaten. Düşünsene bütün evleri kirada, hepsinin kira gelirini toplayınca iki üç ayda yeni bir ev alıyorsun zaten. Öyle bir gelir düzeni var Muzaffer Bey'in. Ama gideri yok. Gider sıfır. Fotosentezle yaşamayı çözmüş bir adam o. Hatırı sayılır tek giderimiz emlak vergileri. Onda da borcu biriktiriyor, yapılandırmaya gidiyor. Onun dışında her şeyde yoğun bir tasarruf uyguluyor. Sadece her akşam düzenli olarak bir rakı masası kuruyor dükkânın arka tarafına. İstisnasız her akşam bir büyüğümüz var yirmi yıldır. Mezeyi ben hazırlıyorum, rakıyı o alıyor. Toplu alıyor zaten, o zaman ucuza geliyor tahmin edeceğiniz üzere. Bir tek rakıdan kısmıyor, şişenin dibini görene kadar her gece zıkkımlanıyor. Ben iki kadehte bırakıyorum, üçüncüyü dolduracak olsam çenesi uzuyor Muzaffer Bey'in. Her gece sarhoş oluyor, bazen kendisi gidiyor eve, bazen ben götürüyorum, bazen aman nasıl olsa yarın sabah gene gelecek işe deyip dükkâna yatak yapıyorum. Sarhoş olduğu akşamlar "Düşmanım var, düşmanım. Çok büyük düşmanım var. Öldürecek beni, peşimde hep, bugün değilse yarın alacak canımı" diyor. Her gece kafa kıyak, bir düşmandan bahsediyor. Sabah olunca soruyorum, yok öyle bir şey diyor. Muzaffer Bey'le ilgili yirmi yıldır çözemediğim iki husus var. Biri bu düşmanım dediği adamın kimliği, diğeri de Muzaffer Bey'i bu derece pinti yapan şeyin ne olduğu. Adam efsane! Bakın avukat hanım, bence Muzaffer Bey'deki tasarruf anlayışı okullarda ders diye okutulmalı. Ciddiyim. Ne diyorum size ya, adam efsane, efsane...

Muzaffer Bey'in hafta tatili yoktur, her gün gelir dükkâna, her gün aynı şeyleri yaparız. Dükkâna yirmi yıldır yeni hiçbir şey almadık, her şey dedesinin, babasının bıraktığı gibi duruyor. Bir tek duvara 1987'de, bir takvim alıp asmış. O zamandan beri takvimi de yenilememiş. Takvim lazım olunca duvardan indirip masaya koyuyor, her yıl için günlere bir gün ekliyor, böylece içinde bulunduğumuz yılın gününü buluyor. Deli bir zekâsı var Muzaffer Bey'in, akla hayale gelmeyecek hamleleri, bu hamleler sonucu elde ettiği muazzam bir serveti var. Öyle ki ben bütün günümü bu paraları hesaplayarak geçiriyorum. Banka cüzdanlarını önüne koyup karşısında kahve içiyor adam, bundan haz alıyor. Yeni aldığı evlerin tapularını ilk birkaç gün çerçeveletip duvara asıyor. Sanat eseri izler gibi tapu izliyor. Kiracılar kirayı getirince kendisine çiçek getirmişler, hediye paketi getirmişler gibi seviniyor. Kiracı çıkacağım dediği zaman, eve birlikte gidiyoruz. Didik didik ediyor evi. Duvarları, kapıları, kapı kulplarını, sifonu, musluğu, eşikleri, her şeyi kontrol ediyor. Defoyu bulur bulmaz, tak, kesiyor depozitoyu. Bizim oralarda mal canın yongasıdır, derler. Fakat Muzaffer Bey için mal; canın ta kendisidir.

Kendisinin paraya olan aşkı her şeyin üstündedir. Bu yüzden hiç evlenmemiş, bugün yetmiş yaşında ve başından geçen bir nişan, bir de söz olayı dışında herhangi bir kadınla münasebeti olduğunu ne gördüm ne duydum. Nişan ve söz vukuatlarında ben yoktum tabii, gençliğinde olmuş. İlk kızı annesi bulmuş, nişanlanmış, alyans alması gerekmiş. Masraf olmasın, bir tane alalım, ben takmasam da olur demiş kıza. Tek alyansla nişanlanmışlar. Kız tabii ayrı eve çıkalım, eşya alalım falan deyince Muzaffer Bey'in çenesi çıkmış, alt dudağı üst dudağının üstüne binmiş, gözler sabitlenmiş gene. Atıyorum nişanı demiş. Fakat nişanı atabilmek için bir yüzüğe ihtiyacı var, parmağından çıkartıp atabileceği bir yüzüğü olmadığından, kızın eline uzanmış, çıkartmış onun yüzüğünü atmış. Sonra eğilip almış tabii yerden. İnsan Muzaffer Bey de olsa hata yapabiliyor, hemen alıp koymuş yüzüğü cebine. İlk nişan öyle atılmış. İkinci kızla yine annesinin zoruyla sözlenmiş. Kızın ailesi alyans alalım dediğinde, "Benim eski nişanlımın alyansı duruyor, onu takarız" diye cevap verdiği için onlar da basıp gitmiş. Muzaffer Bey'in aşk defteri böylece kapanmış. Zaten ne yapsın Muzaffer Bey aşk defterini, onun asla kimseye veresiye vermediği bir veresiye defteri, bir kiracı defteri ve bol miktarda banka defteri var. Defter dediğin böyle olur. Bu kapanan defter münasebetiyle en ufak bir varisi ve kendisi için risk teşkil edebilecek kimsesi yoktur. Hiç kimsesi yok avukat hanım benden başka. Dediğim gibi bir düşmandan bahseder durur kafa leyla olduğunda, ama onu da hiç görmedim. Olsa görürdüm herhalde, bunca zaman çıkıp gelirdi, ne bileyim. Ama kimse gelmedi. Ne düşman, ne hısım akraba, ne bir memleketli. Anlatabildim mi; yok kimsesi. Tamamen yapayalnız değil tabii, nasıl olduysa üç beş arkadaş edinmiş. Zaman zaman onlarla buluşuyor. Ben de birkaç kez yanında bulundum. Her gittiğinde "Ben yedim de geldim", "Ben içtim çayımı" diyor, arkadaşlarıyla buluşunca bir şey yiyip içmiyor. Cidden arkadaşlarıyla yemeğe giderken yiyip de gidiyor. Niye? Kalkarken hesaba dahil olmak istemiyor, ne olur ne olmaz, kuruş muruş geçer, başa bela. O açığı kapatamayız bir daha.

Onu anlatıyordum; Muzaffer Bey alışveriş yapmaz mesela. Yeni bir şeye ihtiyacı yoktur. Alacaksa ikinci el kıyafet alır, onda da tutumlu davranır. Arabası yok, gideceği yere yayan gitmeyi tercih eder. Hatta çoğu zaman bunun da bir tasarruf olduğunu düşünür ve kestirmeden gider. Ona göre kimse kendini boş yere yormamalıdır. Yemeklerini dikkatli seçer, müsrifliğe hiç gelemez. Tabağını iyice sıyırır. Gereksiz harcamalar yapmaz demeyeceğim, çünkü gerekli harcamaları da yapmaz. Kanser olana kadar doktora gittiğini görmedim. Onda da gitmeyecekti de, zorla ikna ettim. Hastalanır, ayakta duramaz, ama yine de işinin başına gelirdi. Yalnız bir sene, bir kış günü çok hastalandı, bayıldı yazıhanede ve üç dört gün dükkâna gelemedi. Kışın dükkân çok soğuk oluyor. Yan dükkânda elektrikli bir soba gördüm, yeni çıkıyor elektrikli sobalar o zaman. Ben de ikna etmeye çalışıyorum, alalım bir tane diye. İkna olmadı. Ben de o hastayken komşudan rica ettim, geceleri aldım, ısındım. Biliyor böyle yapacağımı Muzaffer Bey, iki gün sonra toparlandı geldi. Daha selamünaleyküm demeden sandalyenin üstüne çıktı, baktım elektrik sayacını okuyor. Hastalandığı gün giderken sayacı okumuş, geldiği günü de okuyor ki aradaki farkı hesaplayıp benim maaşımdan kessin. Böyle bir adamdan bahsediyoruz avukat hanım. Size şaşırtıcı geliyor bak, gözlerinizi açıyorsunuz ben anlatırken ama bunlar Muzaffer Bey'in iyi günleriydi. Son on yılda külliyen sapıttı. Komşusu bayat ekmekleri poşete doldurup kapının önüne koyuyor, sütçü de bu ekmekleri alıp hayvanlara veriyormuş. Muzaffer Bey'in o poşetin içinden ekmek alıp buğulandırdığını, komşu dükkânlardan çıkan sallama çayları toplayıp demlediğini, tuvalet kâğıdının boş rulosunu atmayıp onu da kullandığını gördü bu gözler.

En çok kiracıları bezdirdi. Bizim her ay bir günlük mesaimiz, kiracıları tek tek arayıp, "Yarın kira günü olduğunu hatırlatırız" demekti. Adam zaten getirecek parayı, neden arıyoruz, dedim hep ama dinletemedim. Sonra onu kendi silahıyla vurayım, diye düşündüm. Üç kuruş kira için adamları arayıp dünya telefon faturası ödüyoruz dedim. İkna oldu ve sonra ödemeli aradık kiracıları. Diyelim ki, kiracı o ay kirayı geciktirdi, geçerli bir sebebi bile olsa, affetmezdi. Ne malum derdi, arkamızdan iş çevirmediği?

Kimseye güvenmezdi Muzaffer Bey. Herkesin ona bir kazık atacağını, parasını elinden alacağını düşünür, kendisine gülümseyerek yaklaşandan korkardı. Kesin param için yüzüme gülüyor, diye düşünür, gülümseyen insanı o dakika silerdi. Bunu size kendisinin söylemesini dilerdim ama benden başka kimsesi yok Muzaffer Bey'in. Bana da öyle çok güvenmezdi, hep diken üstünde yaşadı, bana da hep öyle baktı. Ama başka da seçeneği yoktu. Dükkândan dışarıya çıktığım zamanlar yeni bir iş aramaya gittiğimi düşünürdü. Peşime takılıp nereye gittiğimi gizlice izlediğini bilirim. Memlekete gittiğimde gidip de dönmeyeceğimden korkardı, bu yüzden son on yıldır onu da götürmeye başladım, her yere benimle birlikte geldi. Evlenecektim, mani oldu. Kadın nasıl bir ailenin kızı bilmiyoruz, seni bozabilir, dedi. Benim de içimden gelmedi pek evlenmek, masraf çıksın istemedim. Tek iyi böyle. Kimsenin derdiyle uğraşmıyorsun. Ne kadar insan, o kadar dert. Ben de yeni bir Muzaffer oldum gittim bunun yanında dura dura.

Sonra işte, geçen yıl hastalandı, grip oldu ama iyileşemedi. Çok kilo kaybetti o ara. Ben anladım bir şeyler olduğunu. Daha az yemek yemeye başladı. Ben sanıyorum pintiliği nüksediyor, o yüzden kıstıkça kısıyor yemeği. Meğer iştahı kesilmiş adamın. Öksürüğü arttı. Müsvedde kâğıtlardan birinde kan lekesi gördüm bir gün. Katiyen peçete kullanmazdı, müsvedde kâğıtlara silerdi ağzını burnunu. Oysa toptancıyız yani düşün, dükkân peçete, tuvalet kâğıdı dolu. Ama israf işte. Doktora gitmemiz gerekiyor, dedim. Bir ay kabul etmedi. Sağlık ocağına gitsek olmaz mı? dedi. Yok dedim, eczacıya soralım... Muzaffer Bey dedim, kan tükürüyorsunuz, doktora gitmemiz gerek. Devlet hastanesi olsun o zaman, dedi. Tamam dedim, öyle yapalım. Tahlilleri falan zorla yaptırdı, para gidecek diye aklı gidiyor. Sonuçlar bir çıktı ki, ohooooo akciğer kanseri üçüncü evre. Bu hâlâ hesap yapıyor kemoterapi şu kadar tutsa, radyoterapi bu kadar olsa... Bir akşam konuştum rakı masasında, bakın dedim, can gittikten sonra paranız olsa ne fayda. Açın dedim kesenin ağzını, en iyi hastanede tedavi olalım, gerekirse yurtdışına gidelim. Hemen tabii çene dışarı çıktı, alt dudak üst dudağın üstüne bindi, gözler sabitlendi, dünya durdu onun için, gerisini duymadı. O inatlaştıkça ben de inatlaştım, asıl Kayserili benim dedim, ben de senden o hastane parasını almazsam insan değilim. Sonra işte tedavi süreci başladı, canı yanınca bıraktı hesabı kitabı. Ağrısı oldukça "Doktora sor bakalım o pahalı ilaçtan bir tane daha alsak oluyor muymuş?" demeye başladı. Hasta olunca kestik rakıyı, içmeden sarhoş oluyordu artık. Çok ıstırap çekti, her gece "Öldürecek beni, düşmanım var benim" diye inledi. Ne düşmanı dedim ya; kanser alacak canını, yirmi senedir ne düşmanı?

Son bir yılda çok zorlandı, zorlandık. Hastane ayrı zordu, ev ayrı. Aklı dükkânda, evlerde, kiralarda. Uyuyor, uyanıyor "Kim bakıyor dükkâna?", "Kiracıdan parayı aldın mı?", "O evi kiraya veremedik", "Kızılay'daki dükkânlara zam yapıcam, veremiyorsa çıksınlar", "Alacak canımı benim" diye sayıklıyor, tekrar uyuyordu. Ölecek, sesi çıkmıyor artık, hâlâ para diyor avukat hanım. Dediğim gibi tek yakını benim, benden başka kimsesi yok. Evlenmedi zaten, kardeşi yok, babasının kardeşleri gençliğinde ölmüş, ana yok, baba yok, tek yakını benim anlatabiliyor muyum? Ben baktım. Kustu evde, ciğerlerini çıkarttı kovanın içine, göstermedim, morali bozulmasın diye. Çok uğraştım.

İşte sonra son iki ay, iyice kötüledi. Ben de bakamıyorum evde. Devlet hastanesine gidiyoruz diye aldım götürdüm, taksi tuttum. Sesi çıkmadı taksiye binerken, normalde hayatta binmez. Taksiciye para üstü falan bırakmadım, yüreğinin yağı erimesin diye. Geldik bu hastaneye. Ankara'nın en iyi özel hastanesi, otel gibi, iyi bakıyorlar. Ben de rahat ettim biraz. Yemek düzenli geliyor, Muzaffer Bey'e iyi bakılıyor. İki ay öyle kendinden habersiz yattı. İnsan acıyor bakınca, sen gel yetmiş yaşına, Ulus, Kızılay, Sıhhiye, Etlik deme her yerden daire al, parayı istifle; ama gelip de geçmiş olsun diyenin olmasın. Bir ben varım yanında, başka kimsesi yok. Yıllarımı vermişim Muzaffer Bey'e. Anlatabildim mi avukat hanım? Onca zahmetli zamanın sonunda işte, bu sabah gözlerini açtı. Solunum cihazı takılıydı. Gözleriyle "Nerdeyiz?" diye sordu. Bunca yıl beraber yaşamışız, gözlerinden anlarım ben onu. "Hastanedeyiz" dedim. Kafayı iki yana salladı. "Devlet mi, özel mi?" diyor yani, soruyor ki hangi hastane? Yalan söylemedim artık, devlette olmadığımız belli odadan. "Özel hastanedeyiz Muzaffer Bey" dedim. Elini güçlükle yumruk yapıp başparmağıyla işaretparmağını birbirine sürttü. Hani kendince diyor ki "Ne kadar tuttu tedavi?" "Belli değil daha" dedim. Parmağıyla kapıyı gösterdi "Git de bi hesaplat" dedi, başka ne diyecek? Bir de "Defol" diyor olabilir. İkisi de mümkün. Gidip geldim hastanenin muhasebe bölümüne, ara bir hesaplama yaptırdım. Geri dönüp kulağına "Yüz on bin liraymış şimdilik Muzaffer Bey" dedim. Çok zayıflamıştı, yanakları içine çökmüştü, yüzünün rengi değişmişti iyice. Yine de çenesini hafifçe öne çıkarttı, alt dudağını üst dudağının üstüne götürdü. Doktor ve hemşireler geldi gitti. Bir ara ben de dışarıya çıktım. Geldiğimde bir kıyamet, gürültü, koşuşturmaca odanın içinde. Solunum cihazını kopartıp atmış, artık eceli geldi de can havliyle mi çıkarttı cihazı bilmiyorum. Ama bence yüz on bin lirayı duyunca kendisi çekmiştir fişi. İşte böyle avukat hanım, Muzaffer Bey bu sabah gitti. Yirmi yılda bana hiçbir iktisatçının öğretemeyeceği şeyi öğretti de gitti. Anladım ki; insanın en büyük düşmanı malıdır avukat hanım, Muzaffer Bey parası yüzünden yaşayamadı, sevemedi, inanamadı, evlenemedi, sonunda para yüzünden kendi fişini çekti. Banka para dolu avukat hanım, 210 daire ve dükkân var muhtelif yerlerde, kimsesi yok ama hiç kimsesi yok benden başka. Anlatabildim mi?

Hiç

Senden sonra neler oldu bilmek ister misin?

Eve girdiğimde gözaltlarımda taşıdığım onar kiloluk torbaları kapının önüne bıraktım. Ellerimdeki yalnızlığı katlayıp montumun cebine sıkıştırdım. Prangalarımım sesini duyunca "Sen mi geldin?" dedi annem. Dedim "Bilmem ki anne, ben mi geldim?" Böyle zamanlarda annemin yakasına yapışıp "Anne bana söyle, ben gelmiş miyim, burda mıyım, sahiden var mıyım anne?" diye bağırmak istedim. "Kendimi hissetmiyorum anne, sanki yokum, sanki kanım çekildi, sanki kalbim söküldü, belim büküldü anne, anne bul beni" diye peşinden sürünmek istedim. İstedim ki annem beni, kaybolan yüzüğünü evde arayıp bulduğu gibi bulsun, beni parmağına taksın, elini hiç bırakmayayım...

Her saniyesi yerlerde sürünen beş koca yıl geçirdim. Filmi geri sardığımda, her gün aynı görüntü tekrar ediyor. Evden çıkan bir ölüyü, işte çalışan başka bir ölü ve tekrar eve dönen bir başka ölü izliyor, görüntüler mutat devam ediyor. Bir yere gelince, bir sabah değişiyor her şey. Oraya kadar siyah beyaz olan görüntüler bir yerde renkli yayına geçiyor.

Renkli yayın nasıl kesildi bilmek ister misin?

Kuş gibi çıkıyorum o sabah evden. Saçlarım kanat olmuş, sana uçuyorum bir cumartesi sabahı. Bütün gecemi, uykumu, uyku arasındaki dönüşlerimi, rüyalarımı, yastığın soğuk yüzünü, bacaklarımın arasındaki yorganı, doğan güneşi, babamın kapıyı çekip gidişini, annemin çay kaşığı sesini, ekmeği, çayı hep sana yoruyorum. Seni hep oturduğumuz kafenin aynı masasında, pencere kenarında çakılı buluyorum. Kalkmıyorsun, bakmıyorsun. Garson "Bir şey ister miydiniz?" diye soruyor. Başını sallıyorsun. Garson gidince bir de ben soruyorum. "İstemez misin bir şey?" deyip gözünün içine bakıyorum. Ne istesen yapacağım, öyle bakıyorum. En olmayacak şeyi, en yapamayacağım şeyi istiyorsun benden. Diyorsun ki: "Ayrılmak istiyorum."

Aldığım nefesi verdim mi, yoksa hâlâ o iç çekişi mi taşıyorum ciğerlerimde bilmiyorum. Ben damarlarımdaki kanın "neden?" diye aktığını, kalbimin "neden?" diye attığını, şakaklarımın "neden?" diye zonkladığını duyarken; sen ağzımdan çıkan o cılız "neden?"i zor duyuyorsun. "Hiç" diyorsun. "Öyle gerekiyor." Sonra kalkıp ve öyle gerektiren yere gidiyorsun. Renkli yayın burada kesiliyor. Son renkli görüntü o sabaha ait.

Karanlık zamanlarda neler oldu onu da bilmek ister misin?

Hızlı adımlarda çıkıp gittin ve kapı üzerime dan diye örtüldü. Apartman girişinde yazan "Çıkarken Işıkları Söndürün" uyarısını bu kadar ciddiye aldığını bilmiyordum. Hayatımdan çıkarken bütün ışıklarımı söndürdün, üstüme xxl bir kadife karanlık örttün. Ayaklarıma dolandın, kollarımı bağladın. Terk edilmiş evlerin koltukları gibi sarındım yokluğuna. Gözlerin doğar mı gecelerime diye Zeki Müren dinledim. Ha bugün ha yarın dedim, doğmadın.

Yemeden içmeden kesilmedim, bilakis iştahım açıldı. Akşam yemeklerinde beş yıl boyunca kum pişirdi annem, içine taş doğradım. Her aldığım kaşık öyle dolandı ağzımda, her lokmam öyle geçti boğazımdan. Babam her akşam, yılmadan, sıkışmış kavanoz kapaklarını açmaya zorlar gibi bıçakla zorladı ağzımı, açmadım. Kalp kırıklarım ekmek kırıntılarının arasına karıştı sofrada. Babam ortalarına mevsimsel olarak, domates kabuğu, karpuz, zeytin çekirdeği falan çıkarıp bıraktı. Sarı bezle topladı annem avcunun içine hepsini. "Anne o attıkların benim kalbimin parçaları, eline batmasınlar" diye inledi gözlerim arkasından, duymadı. Bıraktığın karanlığı peşimden sürükleyerek odama çekildim. Her sabah yeniden doğup, her akşam yeniden ölen evladı için çok gözyaşı döktü annem. Açıkça söylemem gerekirse, resmen anamı ağlattın bir tanem.

"Hiç" deyip gittiğin günden sonra çilehaneye çevirdik biz evi. Konuşmadan yemek yiyip, hepimiz kendi ibadetimize çekildik. Ben seni zikrettim, annem babam sabır çekti. Zifiri karanlık hücremde geçirdim günlerimi. Kaç kez öldüm sandım. Öldüm de, hayatımı kurgan yaptılar, annemi, babamı, iş arkadaşlarımı falan benimle birlikte gömdüler, ondan anlamıyorum öldüğümü sandım. Öyle bir karanlık ki, öldüm diyorum yahu, daha ne diyeyim?

Gözlerimin karanlığa alışması biraz zaman aldı kabul. Tutunacak bir dal aradım el yordamıyla. Ellerimden antidepresan kutuları tuttu, annemin duaları tuttu. Tutunduğum anda attım üzerimdeki karanlığı. Günler boyu ölçtüm, biçtim, yokluğunu verevine kestim binlerce makas darbesiyle. Kiralık terziler tutup doğradım lime lime yokluğunu. Sana kara bir kefen, kendime bir neden diktim. Dikiş bitince sıra işlemeye geldi. Hayat dediğimiz şey hepimize münhasır bir gümüş gergefmiş, bunu anladım. Ben kendi kumaşıma çok şey işledim, öyle çok batıp çıktım ki üzerine, kendi izlerim içime işledi, buna Allah şahidim. Doğduğumda bir paslı iğne tutuşturmuşlar elime. Al demişler, bununla kendi kaderini işle. Batmıyor, yürümüyor, ellerimi deliyor, parmaklarımı kanatıyor. Tutup dişlerimle çekmeyi deniyorum bazen, dilimin ucuna paslı bir tat yapışıyor. Gergef gümüş, kumaş ipek ya, iğne paslı olunca pek bir kıymeti olmuyor.

Bana paslı iğne veren hayat, başkasına piko makinesi hediye etmiş. Her şey otomatik, bilgisayarlı düzenek. Yukarıdan iki tuşa basıp deseni seçiyorsun, aşağıda makine tıkır tıkır işliyor kaderi. Sen daha ipliği iğneye geçirmeden o bitirmiş, paketlemiş işi.

Kaderimi nasıl işledim, dur onu da anlatayım, onu da bil.

Ben o iğneden yine de vazgeçmedim, paslı da olsa benimdir, dedim. Bir gün yokluğu geçirdim iğnemden, yokluğu işledim. Bir gün kavgayı, bir gün yalnızlığı, bir gün sevdayı, sonra ayrılığı, sonra hasreti işledim. İğnemin metal deliğinden acıyı geçirdim, kederi geçirdim. Katran karası ipleri tuttum ucundan, dudaklarımın arasında ıslattım, gözümü kısıp kör bir delikten uzattım ipi, işinin ehli terziler gibi besmeleler çekip iki ucunu eşitledim. Ama sonunu düğümlemedim. Her nefes alışımda bir iğne battı kumaşın üzerine, her nefes verişimde bir iğne çıktı üzerinden. Acımı ince bir işçilikle, tek tek, nakış nakış, sabırla işledim. Kanayan güller mi bitmedi üzerinde, kurumuş çiçekler mi, solmuş menekşeler, dağılmış laleler, perişan bahçeler mi, hiç bilemedim. Gün gelip bitecek. İpek de olsa, çuval da olsa her kumaş bitiyor sonunda bir gün. Batacak tek bir noktası kalmayana kadar işledim yokluğunu. O gün geldiğinde, iğnemi sıkıca tutup var gücümle çektim. İpin düğümsüz ucu kayıp gitti kumaşın üzerinde. Bütün bu nakışlar, bütün bu işler, bütün bu tuttuklarım söküldü bir anda. Geriye delik deşik bir ipek kumaş kaldı elemimden. Adına yürek dediler, nasıl böyle param parça olduğunu bilmediler. Sökülme bir kez başlayınca ardını alamıyorsun, her gün bir yerin açılıyor. Önce gözlerin, sonra ellerin, sonra aklın, sonra için açılıyor. Görmediklerini görmeye, hissetmediklerini hissetmeye başlıyorsun. Sonunda o mertebeye eriştim. Her sabah, bıkmadan usanmadan her sabah penceremden girmeye çalışan güneşin ucundan tuttum nihayet bir sabah. Sensizliğin örekesinden geçirdim, bütün ışığını ellerimle eğirdim. Kırmızıdan sarıya geçen sırma bir ip gibi doladım ışıklarını çile çile. Her gün bir yumak güneş attım evin bir köşesine. Beni terk ettiğin gün, gelip yığıldığım yatağın etrafını küçük güneş toplarıyla doldurdum. Kollarımı şiş yapıp ilmek ilmek geçirdim her günü. Bir ters ördüm, bir düz. Bir günüm ters gitti, bir günüm düz. Çok git gel yaptım. Ama başardım. Yeni bir hayat ördüm kendime güneşin ipliğinden. Ortasına bir motif kondurdum alfabemin nefret ettiğim harflerinden. Düştüğüm kuyudan çıkarken basamak niyetine kullandığım bir H dokudum, yanına sana atfen bir İ kondurdum, çıktığım kuyuya seni gömdüğüm günü temsilen bir çelenk bıraktım C harfinden... Sonunda noktayı koydum. Her "Neden?" sorusuna verebilecek bir cevap işledim şimdi sana, kocaman bir "Hiç" yazıyor yeni hayatımda.

Teessüf Ederim Muazzez

Ayrıldıktan sonra "Kıskançlıklarına tahammül edemedim, özgürlüğümü kısıtlıyordu" falan demişsin. Teessüf ederim Muazzez. Bütün bunlar geldi kulağıma. Zaten her yaptığın geliyor, belki de kulağım sana gidiyor, bilmiyorum. Ekmek yiyemiyorum, su içemiyorum. Biri "Aziz ol" der de aklıma sen gelirsin diye, kuduz gibi sudan kaçıyorum Muazzez, durumum çok fena.

Kıskanmak nedir Muazzez, o nasıl kelime? Bilakis, hiç kıskanmıyorum. Hatta istiyorum ki, cümle âlem, yedi düvelde, yeryüzünde nefes alan, kalbi atan her erkek sana âşık olsun, senin sevgilin olsun. Hepsi sana tutulsun, herkes senden bahsetsin istiyorum Muazzez. Düşündüğünün aksine, ben seni hiç kıskanmıyorum.

Bütün arkadaşlarımın sevgilisi sen ol istersen. Gözümü açar açmaz elime telefonu alayım her sabah. Hepsi seninle bir fotoğrafını paylaşmış olsun, kiminin boynuna sarıl, kiminin elini tut, kimine dudak bük. Yeter ki göreyim seni. Hepsine tek tek kalpler bırakayım diyeceğim ama bende kalp malp bırakmadın Muazzez.

Apar topar, kaçar gibi, evden çıkayım sabahları. Bu evde sana âşık kimse yok nasılsa, ben bile yokum. Beni, giderken çöp gibi kapının önüne koydun Muazzez hatırlasana. Günler sonra Hakkı, tiksinerek tutup kaldırdı beni. Oradan oraya sallanırken Hakkı'nın ellerinde, gözyaşlarım hep sapsarı yerlere aktı. Apartmandan topladığı çöplerin arasına attı beni tiksinerek. "Leş gibi âşık olmuşsun" dedi. O gün düşündüm, keşke Hakkı da sana âşık olsa mesela, ikimiz sokak merdivenlerine oturup ağlasak gün boyu, bahçenin çimlerini gözyaşlarımızla sulasak. Kıskanmak ne kelime Muazzez, acımızı hafifletmek maksat.

Sabahları simit aldığım bıyıklı simitçi var ya hani, tam simit alırken, "Muazzez de sever simidi, en güzelini ona ayırıyorum, sana bunu vereyim" desin mesela. O da sana âşık olsun, o da sevsin seni. Yeter ki senden bahsetsin bana. Oturup dizinin dibine, senin simidi nasıl sevdiğini dinleyeyim ondan. Yere dökülen susamları tek tek toplayan kuşlar gibi, simitçinin ağzından çıkan kelimeleri toplayayım Muazzez. Maksat, birileri acımı senin adınla beslesin.

Otobüse binince "Kalk oradan, orası Muazzez'in yeri, şimdi gelecek" desin şoför. Kendimi tutamağa asıp bekleyeyim gelmeni. Otobüste herkes seni beklesin hatta. Adını sayıklaya sayıklaya arkaya doğru ilerleyelim. Son durağa kadar geleceksin umuduyla inmeyelim Muazzez, maksat, sensiz geçmeyen zamanı bölüşelim.

İşyerinde patronun gönlündeki sen ol istersen. Her gün işten kovsun beni, her gün yeniden başvurayım elimde tek kelimelik bir özgeçmişle. Bütün bir ömrümü, bildiğim tüm geçmişimi tek kelimeye indireyim. "Muazzez" yazayım özgeçmişime, times new roman, bold, italik. Görür görmez işe alsın beni, sonra yeniden kovulayım, sonra yeniden ve yeniden... Sensiz hiçbir işe yaramıyorum Muazzez, tiksindim kendimden.

Derdime derman olsun diye gittiğim, kırk beş dakikası dünyanın parası olan terapistin de aklı sende olsun istersen. Koltuğa bir o uzansın, bir ben uzanayım. Terapistin bıraktığı yerden ben başlayayım, benim bıraktığım yerden terapist... Mevcut psikolojik hastalıklar açıklamasın halimizi, derdimize derman aramak için kendini bilime versin Muazzez. Bari aşkımız literatüre geçsin.

Hepsine, bunların hepsine, seni sevme ihtimali bulunabilecek berbere, manava, halı sahadaki arkadaşlara, güvenlik görevlisine, muhtara, kargocuya, ışıklarda peçete satan adama varana kadar herkese Muazzez, herkese kin besleyeyim böyle. Peşlerinde dolanayım; herkeste, her şeyde seni arayayım. Sordukları her soruya Muazzez diyeyim, verdikleri her selamı Muazzez bileyim. Elbet biri başıma bela olur, elbet biri geçirir yumruğunu, bir babayiğit çıkar bunların arasından alır canımı elbet. Kendimi öldürecek dermanım yok Muazzez, özgürlük mü demiştin, buyur katilimi sen seç...

Bir Sizin Kollarınızda

Gülseren Hanım'ın evine, geçtiğimiz perşembeyi cumaya bağlayan gece hırsız girdi. Gülseren Hanım evdeydi; ama hırsızın ya da hırsızların sesini duymadı. Nerede uyursa uyusun, illa kapıyı kapatarak uyur ve kapı açılmadığı sürece uyanmazdı. Dışarıdan gelen sesi duymaz, seslenildiğinde tepki vermez, sadece kapı açıldığında gözlerini hemen açardı. O gece Gülseren Hanım, her zamanki gibi yatak odasında değil de; üç katlı evlerinin en alt katında, misafir için kullandıkları, çok da girilip çıkılmayan odada uyumuş, kapıyı da üzerine kapatmıştı. O akşam geç saate kadar alt katta Kuran okumuş, namaz kılmış, biraz ağlamış, sonrasında da kendini iki kat yukarıya çıkıp uyuyamayacak kadar halsiz hissetmiş; dolaptan çıkarttığı battaniyeyle yatağın üzerine kıvrılıvermişti. Sabah uyandığında oda kapısı kapalı, ev geceki gibi sessiz, bulunduğu oda her zamankinden çok daha soğuktu. Battaniyeyle yattığı için üşüdüğünü düşündü Gülseren Hanım; ama üst katta da battaniyeyle yatıyordu. Ev kaloriferli ev neticede, her yer sıcaktı. Alt kat olduğu için bu kadar serin olabilirdi. Demek ki eve yatılı misafir geldiğinde yorgan çıkartmalıydı. Gülseren Hanım, tırabzanlardan destek alarak bir üst kata çıktı, bu ev artık ona fazlasıyla büyük geliyordu. Uzun zamandır daha düzayak ve küçük bir eve taşınmak istiyor, konuyu her açtığında çocuklardan biri bu evdeki anılarından bahsediyor ve mevzu o gün için kapanıyordu. Hak da veriyordu çocuklara, bu evde bir ömür geçirmiş, beş çocuk büyütmüş, Şevket Bey'i bu evden uğurlamış, bu evde yalnız kalmıştı. Hadi taşınıyoruz deseler, belki en başta kendisi karşı çıkardı. Bir zamanlar sığamadıkları, her odasından birinin çıktığı, neredeyse yirmi dört saat yaşayan bu evde bugün tek başına olmak şaşırtıyordu Gülseren Hanım'ı. Yine de merdivenleri inip çıkarken artık zorlanıyor, alanını bir şekilde daraltmak istiyordu.

Alt katın merdivenlerini bitirip salona girdiğinde bir gariplik hissetti. Düzenli bir kadındı Gülseren Hanım, aldığını aldığı yere koyar, eşyaların yerini değiştirmez, dağınıklığa tahammül edemezdi. Beş çocuk ve dört torun büyüttüğü bu evde, her gece ortalığı toplayarak yatmış; sabah düzenli bir eve uyanmıştı. Haftada iki gün evine temizliğe gelen Sevgi Hanım'la çok rahat götürüyordu evin işini. Çekmeceyi açık görünce şaşırdı. Herhalde salondaki konsolun çekmecesini açık bırakmışım, diye düşündü. Açmamıştı ki? Sevgi mi geldi acaba, diye düşündü ama Sevgi'nin günü değildi. Konsola doğru yürüdü, başını sağa çevirdiğinde, diğer çekmecelerin de açık olduğunu gördü. Hiçbir şeye dokunmadan tekrar alt kata indi. Telefonunu dün gece yattığı odaya koymuştu, acil bir şey olur da çocukları ona ulaşmak isterlerse diye geceleri yanından ayırmıyordu. Kendisinin çocuklara ulaşmak zorunda olabileceği aklının ucundan geçmiyordu, yıllardır anneydi ve acil durumlar sanki sadece çocuklar için geçerliydi.

Odaya girip telefonu eline alınca, saatin henüz yedi olduğunu gördü. Çocukların hiçbiri işe gitmemişti daha, bu saatte aramayı uygun görmedi. Tekrar yukarıya çıktı. Sonra giriş kattaki iki odayı ve yere atılmış eşyaları izledi. Yüzünde en ufak bir duygu değişikliği olmadan en üst kata çıktı. Yatak odasına... Oda, çekmeceler, yatak, yorgan, halı, kıyafetler her şey ortaya dökülmüştü. Dün gece burada yatmış olsaydı, buradan sağ çıkmayacağı kesindi. Ahlaksız oldukları kadar aptalmışlar da, dedi. Kimin evini soyduklarını bilmeden girmişler... Yerde iç çamaşırlarını gördü. Askıdan bir hırka alıp çamaşırlarının üzerine attı. Yatak odasındaki banyoya girip yüzünü yıkadı, üzerindeki elbiseye baktı. Dün gece üst kata çıkmaya, üstünü değişmeye, her şeye üşenmiş, namazın verdiği ağırlıkla üstündeki elbiseyle yatıp uyumuştu. Yoksa yapacağı iş değildi. Elbisesini çıkartıp banyodaki kirli sepetine attı. Fazla bir yere dokunmamaya gayret ederek kendine bir elbise seçti ve giderek azalmış olan beyaz saçlarını tepeden topuz yaptı. Çok üşüyordu. Battaniyeyle yattığına yormuştu ama başka bir soğukluk vardı evde. Kalorifer peteğine uzanıp dokundu, buz gibiydi. İç geçirdi. Elektrik düğmesine bastı, ışıklar yanmadı. Hırsızlar şalterleri indirmişlerdi. Üzerine bir hırka aldı. Bütün odaları ifadesiz gözlerle gezdi ve tekrar salona girdi. Pencerenin önündeki kadife koltuğuna oturup aynı boş, donuk ifadeyle iki saat salonu izledi. Saat dokuzu gösterdiğinde büyük oğlunu aradı Gülseren Hanım.

"Günaydın yavrum. Günün güzel geçsin. Yavrum, dün gece eve hırsız girmiş, bir şey yok, telaş yapmayın, ben iyiyim. Önce sana haber verdim, polisi aramadım, bilgin olsun. Evdeyim, bekliyorum" dedi. Kımıldamadan aynı koltuğun üzerinde, çocuklarının gelmesini bekledi Kuyumcu Şevket Bey'in Hanımı, Kuyumcu Erdal, Kuyumcu Gürdal, Kuyumcu Ercan, Kuyumcu Ersel'in valideleri ve yine Kuyumcu Rıdvan'ın kayınvalidesi Gülseren Hanım.

Gülseren Hanım gençliğinde bir kuyumcu ile evlendirilmiş, babaları oğlanların dördüne de ayrı birer kuyumcu dükkânı açıp öyle vefat etmiş, tek kızları olan Aysun, abilerinin bir arkadaşına âşık olmuş ve böylece o da bir kuyumcuyla evlenmişti. Hırsızlar mevki olarak bilmeden doğru yere gelmişlerdi. Bilerek gelseler, dolapları ve diğer odaları dağıtmazlardı. Takı dolabını olduğu gibi boşaltıp gitseler, zaten bir daha sırtları yere gelmezdi. Ama takı dolabını bulana kadar bütün odaları dağıtmışlar, televizyonu yerinden sökmüşler, sonra gerek kalmadığını düşünüp yere bırakmışlar, banyo dolaplarını bile didik didik etmişlerdi. Kimin evine geldiğini bilen bir hırsız, doğrudan takı dolabına yönelirdi. Çünkü Gülümser Hanım, onca altın ve mücevher için hiçbir güvenlik önlemi almamıştı.

Koltukta oturduğu o iki saat içinde Gülseren Hanım bütün takılarını zihninde gözden geçirdi. Evde ne kadar altının olduğunu bilmiyordu, ama her takının hikâyesini çok iyi hatırlıyordu. Hırsızlar Gülseren Hanım'ın altınlarını değil, anılarını çalmışlardı. Çünkü dolapların içinde saklı duran her mücevherin Gülseren Hanım için hatırası vardı. Hiçbirini takmadığı mücevherlerin, aklından çıkarmadığı ama bir o kadar da önemsemediği hatıraları.

Gülseren Hanım bir altın madeninin içinde dünyaya gelmiş olsa, kaderi bu kadar altına endeksli olabilirdi. Ama bir altın madeninde değil, küçük bir Anadolu kasabasında, ihtiraslı bir annenin kucağında açmıştı dünyaya gözlerini. Başı annesinin kolundaki burma bileziklere değdi her kucağa alındığında. Annesinin memesini emerken boynundaki beşibiryerdenin zincirini kavradı eli. Çok zengin değillerdi; ama bilezikleri, zincirleri, küpeleri, yüzükleri Güldeste Hanım'ın her şeyiydi. Dışarıya dantel ördü, nakış işledi, dikiş dikti ve bu emeklerinin karşılığı olarak aldığı paradan kocasına zırnık koklatmadı. Esnaflık yapan, işlerini de iyi kötü götüren kocası dara düştüğünde, çıkartıp kolundan bir bilezik vermedi. Onun için bilezikleri kesinlikle kocasından ve ailesinden daha kıymetliydi. Kolundaki bilezikleri korumak için dantel bir kılıf ördü Güldeste Hanım; hamur kararken, temizlik yaparken falan bileziklerinin elbisesini giydirdi itinayla, üzerine en ufak bir toz konacak diye aklı çıktı. Yaz kış kısa kollu kıyafet giyiyordu Güldeste Hanım; aksi takdirde özlüyordu bileziklerini, görmeyince yapamıyordu. Gülseren'in koluna ilk bileziğini üç yaşındayken taktı, çocuğun bileği büyüdükçe bileziği büyüttü. Kuyumcu vitrinlerini dolaştı yıllarca, biriktirdiği küçük altınları, bilezik tutarı edince bozdurdu, bilezik aldı. Bilezikler birikince onları satıp beşibiryerde aldı. Yine de gözü hep başkalarının kolunda, boynunda kaldı. Bir yaz günü her zaman alışveriş yaptığı kuyumcunun dükkânında genç bir çocuk gördü. "Oğlunuz mu?" diye sordu kuyumcuya. "Evet" dedi adam; "bana yardım ediyor, okulu bitirdi bu sene." Bu cevaptan sonra Güldeste Hanım'ın rüyalarını süsledi oğlan damat olarak. Gülseren'i ne pahasına olursa olsun bu oğlana verecekti. Henüz on beş yaşında olan Gülseren'i giydirdi, süsledi, saçını taradı, ertesi gün aldı kuyumcuya götürdü. Oğlan yine ordaydı. Kendi bileziklerinden birini sattı, üstüne de ekleyip Gülseren'in bileğine göre iki ince bilezik aldı. Kız takamıyordu bilezikleri koluna, denemesi gerekiyordu ama beceremiyordu. Oğlanın takmasına müsaade etti Güldeste Hanım, bilerek girmedi araya. Kızın küçük elleri kuş gibi çırpındı oğlanın ellerinde. Bileğine göre iki bilezik aldılar. "Çok güzel oldun Gülseren, zaten güzeldin, iyice güzel oldun, bahtın güzel olsun annecim, bahtın güzel olsun" dedi Güldeste Hanım. Kuyumcu kafasını kaldırıp Gülseren'e baktı. Güzel kızdı gerçekten, güzel ve çok küçük bir kız... Bu, kuyumcuya verilmiş çok açık bir mesajdı ama Güldeste Hanım rahat durmadı, ona haber yolladı, bunu araya koydu derken, yaptı Gündoğanlar Sarrafın oğlu Şevket ile tek kızı Gülseren'in arasını. On altı yaşındayken evlendirildi Gülseren. Zayıf kollarına bilezikler, boynuna metreyle zincirler taktılar. Kayınpederi düğün hediyesi olarak özel yapım bir işlemeli kelepçe taktı gelinine. Güldeste Hanım'ın içi gitti; düğünden sonra, sen benim düğünümde bana böylesini takmadın diye kavga etti kocasıyla. Gülseren'in kolu boynu doldukça annesiyle arası açıldı, Güldeste Hanım kendi kızıyla kendi genç kızlığını kıyasladı, yenemedi kıskançlığını. Oysa Gülseren bunların hiçbirini sevmiyor, evde çıkartıp çekmeceye koyuyor, kolunda boynunda hiçbir şey istemiyordu. Güldeste Hanım ne zaman kızını görse; "Salaksın sen, tak boynuna onları, evli olduğun anlaşılsın, şuna bak hele, sokakta oynayan çocuk gibi, çabuk git tak bileziklerini" diyordu. Gülseren, gönülsüz de olsa geçiriyordu sarı halkaların arasından ince bileklerini. Böylece varlığından çok da hoşlanmadığı altınları yüzünden Gülseren ilk kaybını yaşadı, annesini kaybetti. Güldeste Hanım ile tek kızı arasına külçe gibi bir kıskançlık girdi.

Şevket; genç, azimli, ağzı laf yapan, yakışıklı bir delikanlıydı. Gülseren ile Şevket'in ilk oğullarının doğumunun ardından babası ona şehirde bir dükkân açtı. Çabuk adapte oldu Şevket şehir hayatına. Küçük esnaflıktan büyük esnaflığa geçti hızlıca. Gece gündüz çalıştı, tatil günlerinde bile açtı dükkânı. Gülseren Hanım birlikte bir yerlere gitmek için bekledi, fakat dükkân hep açıktı, ne yazları kapandı, ne kışları. Biri altın almak ister de dükkânı kapalı bulur diye aklı çıktı Şevket Bey'in. Gülseren Hanım yalnız kaldı evde, beş çocuğu tek başına büyüttü. Şevket Bey, karısının her hamileliğinde Ardem Usta'ya özel tasarım bir takı siparişi verdi. Ardem Usta, sanatını onun için konuşturdu. Üstünde bir anne, bir yavru kuşun durduğu altın bir broş yaptı birinde. Birinde bir sıra inci, bir sıra pırlantanın iç içe geçtiği bir bilezik. Birinde üstünde buğday başağı bulunan bir kolye, birinde üzüm yaprağından bir yüzük. Her doğumunda, her doğum gününde ve her evlilik yıldönümünde Ardem Usta'nın elinden çıkmış bir mücevher aldı Gülseren Hanım. Her seferinde "Çok teşekkür ederim" dedi, "zahmet etmişsin." Sonra götürüp onu da diğer takılarının arasına koydu. Hiçbirini takmadı. Çocuklar büyüdüler, Gülseren Hanım istedi ki hepsi meslek sahibi olsun. Şevket Bey istedi ki hepsi ata mesleğini devam ettirsin. Onun dediği oldu. Oğullarının dördü de babalarının yanında çalıştı. Üniversite okudular ama okurken bir yandan da babalarının yanında çalıştılar. Okuldan mezun olana yeni bir dükkân açtı Şevket Bey. Herkes şehrin başka bir semtinde, kendi kuyumcu dükkânının başına geçti, hepsi evlendi ve eşlerine Ardem Usta'dan sipariş verdi. Sadece karıları için değil, anneleri için de aradılar Ardem Usta'yı. Her anneler gününde, biri kocasından, dördü evlatlarından olmak üzere, Ardem Usta'nın elinden çıkmış beş farklı mücevher aldı Gülseren Hanım. Oysa o istiyordu ki... Neyse; bunları hatırlamak bile istemiyordu şimdi. Sahip olamadığı şeyler hakkında düşünüp üzülmek yoruyordu artık onu. Şevket Bey'in vefatından bir yıl kadar önce, bir bayram yemeği vermişlerdi evde. Ardem Usta'yı da davet etmişti Şevket Bey. O akşam kendisini dürtüp duran bir hisle Ardem Usta'ya sokulmuştu Gülseren Hanım. "Bana yaptığınız takıları" demişti; "Şevket Bey mi tarif ediyor size, yoksa siz kendiniz mi karar veriyorsunuz Ardem Bey, ne yapacağınıza?" Ardem Usta sorunun altında yatan asıl soruyu anlayamamış, kendi sanatının cevabını vermişti. "Şevket Bey beni arar sadece, bizim hanım için der, bir hediye yapıver. Ben düşünürüm, düşünürüm, düşünürüm... Gülseren Hanımcığım ne sever acaba derim. O gece kafamda çizerim önce mücevheri, bulunca onu hayalimde bir kadının bileğine yahut boynuna takarım. Baktım güzel duruyor, ertesi gün otururum tezgâhımın başına. Bu mücevherler bir sizde var Gülseren Hanımcığım, bir sizin kollarınızda, sizin boynunuzda..." Bu cevap içindeki acabayı da silmişti Gülseren Hanım'ın. Bunlar Ardem Usta'nın hediyeleriydi, kocasının yahut çocuklarının değil. Zaten önemsiz olan takılar kıymetini tamamen yitirmişti. Eğer Ardem Usta o akşam; "Şevket Bey beni arar, bizim hanım şunu sever, sen ona şöyle şöyle bir takı yapıver der, ben de yaparım" deseydi; Gülseren Hanım bununla da iktifa edebilirdi.

Şevket Bey gidince oğlanlar devam ettirdiler geleneği. Ardem Usta da bir yıl önce vefat etti, oğlanlar Gülseren Hanım'a anneler gününde, yeni bir Ardem Usta bulamadıkları yahut hiç aramadıkları için, dükkânın hazır bileziklerinden getirdiler.

O sabah ilk gelen Ersel oldu; "Abim haber verdi" dedi, sonra diğerleri de döküldüler tek tek. Erdal ekip aracıyla birlikte geldi. Ortalık bir anda bütün sakinliğini yitirdi. Çocuklarının ve polislerin ağzından çıkanlar Gülseren Hanım'ın üstüne yağdı. "Ne kadar kaybımız var anne?", "Neleri almışlar?", "Takılarının hepsini mi?", "Kaç kere sana kasa alalım dedik anne yaa", "Ulu orta bırakırsan olacağı bu tabii..." Gülseren Hanım sorulan bütün sorulara net ve kısa cevaplar verdi. Oturdukları sokağın başında bir poliklinik vardı, polikliniğin kameraları görüyordu Gülseren Hanım'ın evini. Çocukları kamera kayıtlarını inceleyelim, komşulara soralım, ifade verelim, kayıp listesi yapalım, memur beylerle birlikte karakola gidelim diye sıralasalar da Gülseren Hanım, karakola falan gitmeyeceğini, şikâyetçi olmadığını söyledi. Çalınan altın miktarı göz önüne alındığında şikâyetçi olmamak akıl kârı değildi. Erdal'ın zoruyla Gülseren Hanım evde ifadesini verdi; ama şikâyetçi olmaya yine de ikna olmadı. "Polisi niye çağırdık o zaman anne?" diye sert çıktı Erdal. "Ben polisi değil seni çağırdım oğlum, polisi sen getirdin, şikâyetçi değilim" dedi ve üst kata çıktı Gülseren Hanım. Toplayabildiği kadar odasını topladı ve yatağına uzandı. Aysun'un ağlama sesine uyandı. Annesinin altınlarının yasını tutuyordu Aysun. Nasıl da kendisine benzememişti, nasıl da Güldeste Hanım'ın o ihtiraslı ruhu gelip yapışmıştı Aysun'a anlayamıyordu. Kendi kolunu boynunu doldurmakla kalmıyor, henüz üç yaşındaki kızının bileğine bile altın künyeler takıyordu. Gülseren Hanım'ın altınlarına ağlamak da Aysun'a düşmüştü işte, aşağıda hıçkıra hıçkıra ağlıyordu. Gülseren Hanım üstünü başını düzeltip aşağıya indi, gelinler de gelmişti. Nasıl oldu, duymadın mı, altınları nasıl bulmuş, başka bir şey almış mı, niye şikâyetçi olmadın? Bir fasıl da onlarla geçirdi Gülseren Hanım. Öğle sonu önce işlerini ve açık olan dükkânlarını bahane ederek oğlanlar gitti, akşamüstü okuldan gelecek çocukları bahane ederek gelinler gitti ve en son Aysun ayrıldı evden. Akşam sekizde evde tek başınaydı Gülseren Hanım. Abdest aldı, namaz kıldı, Kuran okudu ve yatak odasına girip yattı. Yatak odasında çalınabilecek tek bir çeyrek altın bile yoktu, garip bir şekilde hafifledi.

Ertesi gün çocuklar telefon ettiler ve nasıl olduğunu sordular. Her "Nasılsın?" sorusunun devamında "iyi düşündün mü anne, emin misin, şikâyetçi olmayacak mısın?" geldi. "Eminim" dedi. Ertesi gün tekrar aradılar. Sonraki gün iki kez çaldı telefonu, Ersel ve Aysun aradı. Dördüncü gün sadece Ersel. Beşinci gün büyük gelini aradı, "Çocuklar okul çıkışı sana gelecekler anne, bizim işimiz var Erdal'la, gece gelir alırız" dedi. Gülseren Hanım anladı ki hayat normale döndü.

Cuma günü öğle sonu namazdayken telefonu çaldı, arka arkaya. Bozmadı. Bitirince baktı ki Gürdal aramış üç kere. Hayırdır inşallah diyerek aradı Gülseren Hanım. "Ne oldu yavrum, namazdaydım açamadım?" dedi. Sonra Gürdal'ın anlattıklarını dinledi. Şaşırdı ama çok da sevinmedi. "Helalmiş demek ki yavrum, hepsi helalmiş" dedi. Gülseren Hanım'ın altınlarını bozdurmak için oğlunun dükkânını seçen hırsızlar, yakalanmışlar. Akşama geri getirecekmiş Gürdal hepsini, yarın ilk iş kasa alacaklarmış. Gülseren Hanım'ın gözü aydınmış. Telefonu kapattıktan sonra yedi gün önce oturduğu pencere önündeki kadife koltuğa bıraktı kendini. Ardem Usta'yı andı. Gülümsedi. "Bu mücevherler bir sizde var Gülseren Hanımcığım, bir sizin kollarınızda, sizin boynunuzda..."

Baba Malı

İnsan, tükenir. Doğduğu andan ölümüne kadar büyüyor, gelişiyor, yaşlanıyor gibi görünse de içten içe tükenir. Eşya öyle değil, dokunmadığın sürece azalmaz ama insanoğlu ona da dokunur, suyunu çıkarır, yer, bitirir, yok eder. Beni Kemal Dursunoğlu yedi bitirdi, tüketti. Paramparça oldum, dağıldım, perişan oldum ve her gün, her saniye, her an Kemal denen hayırsıza uyuz oldum. Geldi geldi, gözümün önüne oturdu it... Bakıştık, gözlerinin önünde eridim, kolunu kımıldatmadı, habire masaya papaz, kız, vale attı.

Bu Kemal'in ruhunda kurtlar dolanıyor. İnce ince, küçük küçük, kımıl kımıl kurtlar. Bence kaşıyorlar Kemal'i, aklına soktuğun bilgiyi yiyorlar; öğrendiğini unutuyor Kemal yıllardır. Hiçbir musibetten ve nasihatten ders almamasının başka bir izahı olamaz. Kurtlarından ve bedeninden ibaret olan Kemal Dursunoğlu'nu daha yakından tanımanız lazım ki size nasıl onun malı olduğumu ve nasıl yok olduğumu anlatabileyim. Bizim kasabanın önde gelen eşrafından keresteci Hayrullah Dursunoğlu'nun altıncı ve tek erkek çocuğu olarak dünyaya gelen Kemal Dursunoğlu babasını on yaşında kaybedince bütün malın mülkün yegâne sahibi olan annesi Mevhibe Dursunoğlu tarafından aşırı şımartılıp, el üstünde ve baş üstünde tutulup, katiyen kıçının üstüne oturtulmadığından, bütün bir Dursunoğlu ailesinin köküne kibrit suyu dökme vazifesini gururla almış ve layıkıyla yerine getirmiş, uyuşukluğu ve kahvehane düşkünlüğü yüzünden Dursunoğullarının alayının sıdkını sıyırmıştır. Kusura bakmayın ben böyle gazı aldım, motora taktım gidiyorum ama bu benim için son derece tabii bir durum, zira şahsen ben 86 model, otomatik camlı, metalik boya, gıcır gıcır 1.6 Ford Taunus'um. Kendisinin arabası olarak Kemal Dursunoğlu'nu tek cümlede böyle özetleyebilirim, malı mülkü nasıl bir zihniyetle yediğini siz tahmin edebilirsiniz. Ama cümle de uzun, sen bize tek kelimeyle özetle derseniz, Kemal için tek kelimeyle "yiyici" diyebiliriz.

Şimdi Kemal'i hep birlikte yakından tanıyalım. Küçükken kendisine alınan oyuncakları eve girer girmez kıran ve bir kenara atan Kemal için Mevhibe Hanım, kadın sohbetlerinde "Bizim oğlanın eline kız giren dul çıkar" dermiş, hakikaten de gelecekte Kemal'in hayatına üç kız girmiş, üçü de dul çıkmış. Kemal'de, isminin aksine, bir şeyi tamamlayıp nihayete erdirebildiği tek bir husus gösteremezsiniz. Her şey yarım, her şey heves yoksunu. Okula gitmiş yarım bırakmış, ortaokul diplomasını sonradan katakulliyle almış Mevhibe Hanım. Askere gitmiş, kaçmış. İte kaka, torpille, selamla, sabahla, araya itibarlı birilerini koyarak, cezalı mezalı tamamlatmışlar askerliği. Sanıyorum bitirdim diyebileceği tek şey bu. Mahallede oynanan maçlara bile dahil edilmemiş Kemal, zira doksan dakikayı tamamlayacak sebat yok, yirmi dakikada "Ne koşucam topun peşinde ya" deyip havlu atan bir üşengeç şahsiyet. Evlenmeye niyetlenmiş, bir kızla nişanlamışlar; on iki yıl nişanlı kalmak nerede görülmüş derseniz, Dursunoğlu ailesinin son ferdine bakabilirsiniz. Evlendikten altı ay sonra boşanmış. Aynı yıl iki kez daha evlenip, ikisinden de ayrılmış. Üç eşine de nafaka bağlatarak kızları ihya, Mevhibe Hanım'ı sinir hastası etmiş.

Rahmetli babasının işinin başına geçsin, fabrikayı oğlu idare etsin istemiş Mevhibe Hanım tabii olarak. Fakat kereste fabrikasını işletmek kim, Kemal kim? Bu sebeple Kemal'den önce dünyaya gelen beş kızın sıra sıra aileye eklenen kocalarını damat; Kemal'i de bizzat kereste kontenjanından dahil etmişler fabrikaya. Elin oğlu fabrikanın başına geçse de bu Kemal'in keresteliği batmış onlara. Sonuçta keresteyi işliyorsun, yakıyorsun, satıyorsun, bir baltaya sap ediyorsun ama Kemal'de o da yok. Kemal çerçeve yapılıp duvara asılacak bir kereste. Fakat bu çerçeve Mevhibe Hanım'a sanat eseri gibi göründüğü için damatların elinden bir şey gelmiyor, fabrikanın bir odasında Kemal'i besliyorlar. Besiyi kestikleri bir dönem var. Ekonomi facia, ülke yanıp yıkılıyor, işler kötü. İşçi çıkartıyorlar fabrikadan, Kemal'e diyorlar ki, "Kemalciğim, sevgili kayınbiraderimiz, bir süre kimseye maaş ödeyemeyeceğiz, hadi canım güle güle." Kemal'de "Ulan burası benim babamın fabrikası, defolun gidin işinize" diyecek tıynet de yok. "Tamam madem" deyip oturuyor kahvede. Gerçi parayı aldığı zamanlarda da kahvede oturuyor. Damatların gözüne batan şey de Kemal'in kahvede oturması zaten. Başta söylemiştim, beni uyuz eden de o. Gelip üstümde otursa, direksiyonumu çevirse kızmayacağım, her türlü şerefsizliğine razı, her türlü illegal işine yoldaş olacağım ama yapmıyor. Faydasız, o ancak kahvede kâğıt oynasın. O sene parasız kalınca, aklına dahiyane bir fikir geliyor Kemal Dursunoğlu'nun. Kasabaya yeni açılmış olan yegâne beyaz eşya mağazasına gidip şirketin adına senetle beyaz eşya alıyor ve beyaz eşyayı kahvede oturduğu yerden, yarı fiyatına satıp para kazanıyor. Nasıl fikir? Muhteşem di'mi? Bence de. Ama işte keşke damatlar da bizimle aynı fikirde olsaydı. İş Mevhibe Hanım'a intikal ediyor neticede ve ana yüreği taş kesilip Kemal'i fabrikadan tamamen çıkarttırıyor. Kemal artık tekaüt bir kereste olarak devam ediyor hayatına. Mevhibe Hanım nispeten akıllı bir kadın, fabrikayı batıracağına kiraları yesin diyor ve kiradaki evlerin gelirini oğluna bağlıyor.

Otuz yaşına geldiğinde, nasıl oluyorsa birden bire aklına çalışmak geliyor Kemal'in. "Allah Allah yaaa, etrafımdaki bütün erkekler çalışıyor, ben niye çalışmıyorum acaba?" diye düşünüp aydınlanan kafasını elini öpmek suretiyle bırakıyor Mevhibe Hanım'ın dizlerine. Diyor ki "Anacığım, ben çalışacağım." Hayrullah Dursunoğlu mezarından çıkıp gelse ancak bu kadar sevinir Mevhibe Hanım... "Akıllandıysan eniştenlerle konuşayım, aldırayım seni tekrar fabrikaya, akşama hemen çağıralım kızları, damatları, dolma yapayım, ayyy mantı açalım" diye bir telaş mutfağa koşmaya yeltense de durduruyor Kemal annesini. "Öyle değil anne diyor, ben kendi işimi kuracağım..." Bak! Gözünü sevdiğimin Kemal'ine bak sen! Kendi işini kuracak... "Bana bir araba alalım anne, arabayla şoförlük yapayım, şehre gidip gelecekleri taşırım, özel işleri için tutarlar" falan filan... De yaaa, anne bana araba al, ben gezmek istiyorum arabayla, fink atacağım yollarda de, ama öyle demiyor. Çünkü onu da yapmayacak. İş kuruyor basiretsiz Kemal. Sattırıyor Mevhibe Hanım'a dairelerden birini, aldırıyor beni. Ben Taunus... En iyi yerli... Metalik mavi. Döşemelerim, jantlarım, lastiklerim, aynam, direksiyonum, torpidomun içi bile pırıl pırıl... Bekliyorum biri gelsin beni alsın, işe yarayayım, gezeyim, basayım gaza... Ama işte kaderime düşen o "biri" Kemal Dursunoğlu. Yanlış evlilik yapıp hayatının içine etmiş genç kız gibi düşüyorum Kemal'in eline. Eline kız girip dul çıkacak yeni oyuncak benim... Mevhibe Hanım, parayı verirken diyor ki, "Tamam alalım arabayı, ama sen kazandıkça bana ödeme yapacaksın, arabanın parasını bana geri ödeyeceksin..." Bu şartla alınıyorum yani. Çalışıp kendi paramı çıkartacağım. Ama işte lanet olsun ki kendi kendime çalışamıyorum, kontak için illa bir Kemal'e ihtiyaç var. Altı ay çalıştık Kemal'le. Öyle herkeste araba yok o yıllarda, sahiden dediği oldu Kemal'in, çalıştık, iş de yaptık, para da kazandık ve kazandığımız parayı da Mevhibe Hanım'a takdim ettik. Fakat bu saltanat bir yıl sürdü. Bir yıl sonra bir öğle vakti Üççeşme'nin orda, arka tampona yandan bir kamyonet çarpıp kaçtı, Kemal canımı kurtarayım derken bir ağaca tosladı. Benim ön kaporta tamamen gitti. Ön cam tuzla buz ama Kemal iyi. Keşke ben iyi olsaydım da Kemal dağılsaydı, belki aklı başına gelirdi. Kemal'in burnu bile kanamadı. Hiçbir şey olmamış gibi beni sürmeye devam edip kahvenin önündeki ıhlamurun altına park etti. "Geçmiş olsun" dediler, "yahu iyi misin?" dediler, "hastaneye gidelim", "şöyle yapalım, böyle yapalım" dediler. Kemal "Hadi oyuna oturalım, ben iyiyim, arabayı da bir ara götürürüz tamire" dedi ve oturdu. Beş dakika içinde kâğıtları kardılar, bölüp dağıttılar. O gün kontağımın çevrildiği son gün oldu.

Kemal Dursunoğlu ha bugün götürürüm, ha yarın götürürüm, olmadı haftaya gideriz, acelemiz ne yahu gider dururuz diye diye oturdu kahvede. Üstümden Allah sizi inandırsın onlarca yaz, onlarca kış geçti. Ihlamur toplayan insanlar üstüme çıktı, dallara uzandı. Kırık camdan içeriye kediler köpekler girdi, döşemelerimde uyudular ve Kemal Dursunoğlu'nu yazın kahvehanenin bahçesinde, kışın içerisinde kumar oynarken izledim, izledim, izledim... Geçerken bu da benim arabam deyip yan bile bakmadı yahu! Kendi kendime hurdaya döndüm. Yıllar geçtikçe kasabadaki araba sayısı arttı, artık ihtiyacı olan olmayan araba alır oldu. Fakat başkalarına ve sahiplerine bakıyorum, kız gibi bakıyorlar arabalarına. Bütün bir pazarını arabasıyla oynayarak geçiren insanlar var. Pamuklu bezle siliyor camlarını, hortum tutmuyor arabaya, incinir, boyası kalkar belki tazyikten diye maşrapayla su döküyor elin sahibi. Benim tekerleklerime köpekler işiyor. İtin biri bir kere saldı sağ arka tekerin üstüne, o gün bugündür kokuyu alan geliyor. Terzi Mustafa mesela, arabasının üstüne özel kılıf dikti, ölçülerini aldı. Yazın güneşten, kışın kardan koruyor diyor. Elbisesini giydiriyor arabanın, kullanmadığı zamanlarda. Benim üstümde kuş boku, dolu eziği, böcek ölüsü, toz, iz... Ne ararsan var. Neden? Çünkü benim sahibim Kemal Dursunoğlu. Duruyor öyle kahvede, lüzumsuz herif...

Bir gün bu, yine kahvede çatır çatır kâğıt oynarken Kasap Nusret'in oğlu oyundan erken kalktı, beni gösterip "Benim arabanın da sileceği kırıldı dünkü yağmurda, hiç yoktan iş çıktı başıma şimdi, ona gidiyorum" dedi. Hiç istifini bozmadı bizimki. "Orda araba, al benimkinden tak seninkine, ne gidicen boş yere tamirciye, otur oyuna" dedi. Kendi üşengeç ya, herkes üşengeç olsun istiyor, zaten gidip gidip kendi gibileri buluyor. Onun da canına minnet, geldi aldı sileceklerimi. İlk zayiat buydu. Sonra arkası geldi zaten. Krank kasnağımı Tayko Sami, sağ arka stopu Bakkal Mithat, radyatör kapağımı Dipsiz Necati, farlarımı Selami Hoca aldı. Sonra nerem kimin arabasına gitti anlamadım. Yağmaya döndü iş. Bu insan milleti, kimsesiz olduğundan emin olunca insanı bile çiğ çiğ yer, beni mi affedecek? Şoför koltuğumu Fikriye Abla söküp aldı mesela. Kapının önüne koyacakmış, kapı önünde laflarken sandalyede oturunca kıçı acıyormuş, yumuşacık, iyiymiş benim koltuğum. Kapı kulplarımı zevk olsun diye söktüler. Ne yapacaklarını hiç anlamadım. Böylece her gün bir parçam söküldü, bir yanım döküldü ve Kemal Dursunoğlu kandilde simit dağıtır gibi hayrına dağıttı beni ahaliye. Arka koltuk bildiğin doğumhane, bu kaçıncı kedi doğumu hiç saymadım. Gelip doğurup gidiyorlar sıcacık, bari bu işe yarayayım diyorum, ses etmiyorum. Ses edemem zaten kornamı da aldılar. Ses etmesi gereken Kemal ayrıca, ben değilim ama komple Kemal'i alıp götürseler umuru olmaz onun, beni götürmeyin demez.

Neticede ben bittim. Hurdacıya satabilir Kemal beni, ama bunun için hurdacıya gitmesine, onunla konuşmasına, gel bir gör malı demesine falan ihtiyaç var. Ben Kemal'de bu azmi görmüyorum. Hurdacı geçerken ben bunu alayım mı derse ne âlâ, yoksa akıbetim meçhul.

Geçtiğimiz yıl Mevhibe Hanım'ı da kaybettik. Böylece fabrika, evler, tarlalar, arsalar kızlara ve Kemal'e taksim edildi. Kemal kendisine düşen yan yana üç kiralık müstakil evi, yine kahvede, aynı masada, yerinden bile kalkmadan, gelip onu bulan müteahhide üç daire karşılığında sattı. Üç eski ev karşılığında, üç yeni ev aldım diye seviniyor bizimki. Müteahhit her evin arsasının üstüne onar dairelik apartman dikecek, bunun haberi yok. En fenası, kendisine kalan baba evini kumarda yedi. Bunu gözümle gördüm. Kahvenin bahçesindeydiler. Dört kişi. "Evine oynuyoruz lan var mısın?" dedi biri. Böyle cümle mi olur ya? Evine kumar mı oynanır? Oynadı. Öğlen başladılar oynamaya, gece yarısına kadar oynadılar. Öyle allem kallem bir oyun. Adamların gözü göz değil. Kemal kaybetti. "Ertesi gün gelin oğlum, gideriz tapuya, ne var" dedi. Islık gibi çıktı kelimeler ağzından, öyle keyifli söyledi. En ufak bir rahatsızlık hissetmedi.

Kahveden en son Kemal Dursunoğlu ayrıldı o gece. Kahveci Sebahattin Abi'yle benim yanımdan geçtiler. "Manyak mısın oğlum sen yaaa?" dedi Sebahattin. Durdu Kemal Dursunoğlu. Yanımda durdu. Tam benim yanımda. Bir sigara yaktı. Derin bir nefes çekti. Duman ağzındayken bana yaslandı. Dumanı bıraktı yavaş yavaş, sokak lambasının ışığında dalga dalga uçuşan dumanın içinde ağzından çıkan kelimeleri gördüm: "Ben mi kazandım oğlum yaaa, babamın malı nasılsa..."

Çatlak

Müjgân Abla'ya "Çatlak" diyorlar. Seven sevmeyen, bilen bilmeyen "çatlak" diyor. Çok gülüyor Müjgân Abla. Ağzından dışarıya taşan, havai fişek gibi patlayan, bütün dalgın bakışları ona çeviren, gri havayı dağıtan coşkulu bir kahkahası var Müjgân'ın. Yanındakiler Müjgân sıkı bir espri patlatıp da ortaya bomba gibi bir kahkaha atınca, hafifçe omzuna vurup "Ayyy Müjgân yaaa, ne çatlaksın" diyorlar. Üstünü başını düzeltip göğüs dekoltesini kontrol ederek saçlarını savuruyor.

Düğünlerde çok oynuyor Müjgân Abla. Sırasını bekliyor. İnsanları izliyor, alkış tutuyor. Herkes oynayıp da kurtlarını döktükten sonra çıkıyor sahneye Müjgân. Müzisyenlerin yanına gidip istediği şarkıları söylüyor, müzisyenler "hay hay" diyorlar baş hareketiyle. Yüksek topuklularını sahnenin ortasında çıkartıp kenara atıyor, yalın ayak oynuyor Müjgân. Herkesin ağzı açık kalıyor, yerdeki kurtlar bile sağa sola kaçışıp Müjgân'a yer açıyorlar sanki. Genç kızlar kendilerinin de bir Müjgân olduğunu, böyle kıvırdığını, herkesin kendisini izlediğini hayal ediyor, olmayacağını bile bile. En olmadı diye düşünüyorlar, benim düğünümde de böyle oynar Müjgân Abla, benim düğünüme de neşe katar böyle. Kendilerini gelinlikle bir kenarda Müjgân'ı alkışlarken hayal ediyorlar, damat yok ortada. Olsun. Müjgân olsun da, damat nasılsa olur. Erkekler Müjgân'a kaçamak bakışlar atıyor, kadınlar eşlerinin kollarına çimdik atıyor. Müjgân'ın umuru değil, sallaya sallaya, kıvıra kıvıra oynuyor ortada. Zil de almış kendine. Sutyeninin içinden zil çıkartıp, oyuna ara vermeden takıyor parmaklarına. Koca çimdikleyen kadınlar birbirlerine Müjgân'ı gösterip dişlerini sıkıyor, kaşlarını çatıp "çatlak" diyorlar.

Düğünlerin ertesi günü babaanneme geliyor Müjgân, "Çok nazar olmuşum, okuyuver beni" diyor. Babaannem dudaklarının arasından belli belirsiz nefeslerle, gözünü uzaklara dikip, yalandan esneyerek, "Bana fenalık geldi, nasıl durdun akşamdan beri" diyerek, bağıra bağıra esneyerek okuyor Müjgân'ı. "Çıksın gitsin dağlara taşlara, kuru kuru ağaçlara" diyor, Müjgân'ın suratına tükürüyor, kalk Müjgân uzaklara bak, çıksın gitsin nazarın diyor. Müjgân pencereden bakıp nazarını gönderecek bir hedef aranırken, babaannem tespihini çekerek bir duayı tekrar eder gibi, "Ah kim bilir ne derdin var?" diyor. Kim bilir ne derdin var Müjgân?

Bunu Müjgân'ın baş yastığına sormak lazım. Yıllardır her gece dalga dalga saçlarını kılıf gibi üstüne serip, yıldızları izler gibi tavanı izlediği, gözyaşlarını üzerine akıttığı, acıdan dişleriyle ısırdığı, öfkeden yumrukladığı belki, sevgilisine sarılır gibi sarıldığı bazen, soğuk tarafını başının ateşini dindirsin diye ters yüz ettiği yastığına soralım. Diyelim "Müjgân'ın bu halleri niye böyle?"

Gidelim çakmağına soralım Müjgân'ın. Kaç gece evi ateşe vereyim diye düşündüğü, öleyim diye üst üste sigaralar tüttürdüğü, soğuk ve sessiz gecelerde içinin yangınını söndürmek için bahçede titreyerek oturduğunda yerlere düşürdüğü çakmağına soralım. Diyelim "Söyle, bu Müjgân'ın derdi ne?"

Gidelim, tek katlı evinin pencere pervazına soralım. Hani çiçekler dizerdi yan yana, her gün damla damla sular, Aykut Abi'nin geçişini beklerdi. Geceleri Aykut'la buluşmak için aynı pencereden kaçar, aynı pencereden girerdi. Telefonla konuşurken pencereden bakardı hani. O geçerken yüzünde güller, yanaklarında çiçekler açardı. On yılını böyle geçirmişti hani, evdekilere çaktırmadan... Ha bugün gelirler istemeye, ha yarın diyerek ve her gün aynı heyecanla Aykut'u bekleyerek. Aykut'un bir başkasıyla nişanlandığını bilmeyerek hani. Hani Müjgân, pencereden bakıyordu bir sabah, kasımpatılarını suluyordu öyle itinayla. Duydun mu demişti komşusu usulca, "Aykut nişanlanmış dün akşam, iyiydiniz be Müjgân, hiç demedin ayrıldığınızı..." Hani kalbi yerinden çıkıp nefesi kesildiğinde o an, hani gözyaşlarıyla sulamaya başladığında bundan sonra kasımpatıları... Oradaydı hep pencerenin pervazı. Ona soralım, diyelim "Müjgân neden böyle çatlak?"

Hiç tanımadığı biriyle evlendi geçen ay Müjgân Abla. Almanya'da bir akrabaları aracı olmuş. Nikâhı, işlemleri, pasaportu falan apar topar halledip çekip gitti düğün falan istemeden. Çiçeklerimi sana vereyim dedi, giderken. Hepsini tek tek taşıdı, vedalaştı çiçekleriyle. Güneş sevenleri güneşe, gölge sevenleri gölgeye koydu. Sularını nasıl vereceğimi anlattı, dinledim. Saksılardan birini yere düşürdü yerleştirirken, çiçek saksısından özür dileyen bir kadın da gördü bu gözler. Her gün tarif ettiği gibi suluyorum akşamüstü çiçekleri. Dün gece ayağım ıslandı evde yürürken. Yaş yere basmışım. Çiçeklerden biri su akıtmış. Hangisi diye baktım. Müjgân'ın düşürdüğü saksı. Kasımpatı saksısı... Su sızdırıyor. Ona bakıp bakıp sorduğumuz sorunun cevabı akmış saksıdan... Yerde görünmez kelimelerle bir iz bırakmış: "Müjgân Abla'ya çatlak diyorlar. Müjgân çatlak değil, Müjgân'ı fena kırmışlar..."

Son Attığın Kartopunun İçine Taş Sakladığını Bilmiyordum

Seni unuttum. Unuttuğum günü hatırlatırken, müsaadenle biraz metafor kullanacağım. "Beni aldattın, canım çok yandı" demeye dilim varmıyor.

Hatırla. Gökyüzünden kuş tüyleri gibi karlar dökülüyordu o yıl. Bütün bir yıl yağdı kar. Ayazda, baharda, sıcak yaz günlerinde bile yağdı. Evimizde bir zemheri soğuğu esiyordu. Az konuşuyorduk, çok az. Birbirimize söylediğimiz kelimeler havada donup kalıyordu. Evin içinde dolaşırken havada asılı kalmış "Ben geldim", "Ben çıktım", "Aç mısın?", "Ben yatıyorum" gibi sadece haber niteliği taşıyan sözcüklere çarpıyordu başım. Kelimeler kırılıp yere dökülüyordu. Ayaklarımıza kırık dökük "ben"ler batıyordu yürürken, canımız yanıyordu. Bütün bir yıl kar yağdı, kar tanelerinin sesi kırdığı doğruymuş, konuşmuyorduk. Kendi sessizliğimizin uğultusu hâkimdi eve. Çıt çıkmıyordu diyemeyeceğim. Her geçen gün biraz daha kırılıyordum ve kalbimin çatırtıları geliyordu kulağıma. Senin de duyuyor olmanı ne çok isterdim.

Şans eseri aynı eve gönderilmiş iki hayalet gibi evden çıkıp işlerimize gidiyorduk. Kapımızın önünü dolduran karları kürüyecek takatim yoktu. Sen sert adımlarla koşarcasına evden çıkıyordun. Ben yolumu bulana kadar senin bıraktığın ayak izlerine basıyordum. Olması gerektiğinden daha hızlı yürüdüğümüzde ya bir heyecan ya bir korku eşlik ediyordu bize. Hangisiyle yürüdüğünü bilmiyor, senin hızına yetişemiyordum. Aramızdaki mesafe gittikçe açılıyordu. Birbirimizden uzaklaştıkça görüntünü yitiriyordum. Birlikteydik, aynı evde yaşıyorduk, aramıza demiryolu döşenecek kadar mesafe bıraksak da hâlâ aynı yastığa baş koyuyorduk. Ama gün içinde, aklıma geldiğinde, yüzünü hatırlayabilmek için cep telefonumdaki fotoğraflarına bakma ihtiyacı duyuyordum. Senin fotoğrafını bulabilmek için aylar öncesine gitmem gerekiyordu, birlikte çekilmiş bir fotoğraf bulmak için telefonumun hafızası yeterli gelmiyordu. Yoktuk.

Sonra bir gün hiç yapmadığımız bir şey yapmayı denedik, konuştuk. Konuştuklarımızı yazmayacağım, unuttum. Duyduğum anda unuttum. Ama hissettirdikleri tam da şöyle bir şeydi. Bir mart akşamıydı, yine kar yağıyordu. Bu kez gerçekten yağıyordu. Bedenlerimiz pencerenin önüne çakılı kalırken ruhumuz üşüyen elleriyle kartopu oynuyordu. Ben seni bilerek ıskalıyordum. Bilerek az öteye atıyordum. Kartopu yanından zarif bir kuş gibi geçip gidiyordu. Beceriksizliğime gülüyordun. Sen bilerek kartopunu göğsüme atıyor, beni yıkmaya çalışıyordun. Her vurduğunda gülüyordun. Ağzın muzaffer bir gülüşle açılırken, gözlerinden alt etmenin mutluluğu ışırken, yıkıldım. Sen gülerken yıkıldım... Son attığın kartopunun içine taş sakladığını bilmiyordum. "Ayrılmak istiyorum" cümlesi göğüs kafesimi delen bir kartopuydu, içine "Âşık oldum, anla beni" gibi bir cümle saklamışsın. İkisi bir arada olunca, dağ olsan yıkılıyorsun, biliyor musun?

Söyleyeceklerin bittiğinde, pencereye yasladım başımı. İçimde bir acı kaynıyordu sanki kaynadıkça, ağzımdan burnumdan dumanlar çıkıyordu. Cam buğulanıyordu. Artık camın buğusuna bile adını yazmıyordum. Oysa severdim, otobüs camına, pencerelere, banyodaki duş kabinine, aynanın buğusuna bile adını yazardım. O gün fark ettim ki, parmağım kımıldamadı. Bu hissizliği uzun süre korudum. "Sen de yap" diyenler çok oldu. "Sen de onun canını yak." İntikam; taş atana taş atmak değil, taş atanı unutmak, atılan taşı saklamaktı benim dünyamda. Öyle yaptım. Göğsümün ortasına, kalbimin durgun sularına atılmış o taşı, hayali bir yakut gibi boynuma taktım. Üzerine tırnağımla iki çift laf kazıdım. Güneşe doğru tutunca daha net okunuyor: "Güvendiğiniz dağlara kar yağdığında, üzülmeyin. Kıç üstü oturun ve sessizce aşağı doğru kayın. Baharı görene kadar..."

Geçtiğimiz Kırk Gün

Nedim'e...

Geçtiğimiz kırk gün neler olduğunu müsaadenle bütün tafsilatıyla anlatmak istiyorum. Anlatmazsam bunlar içimde küf tutacak, nefesim yeşil yeşil kokacak. Şu yaşımda küflenmemi sen de istemezdin sevgilim.

Kırk günün ilk gününden başlayayım. Bir sabah uyandım ve sen öldün. Haber bana kuş olup ulaştı. Ecel kuşu diye bir kuş varmış, bilmiyordum. Haberi boynunda kara bir zarfla, o getirdi. Katladığın yerden açıp baktım, "Sevgilim ben öldüm, hoşça kal" yazıyordu. Yaşasaydın sana derdim ki "Yalnız hemşerim, bu haber sevdiğine böyle mi verilir?" O saatten sonra söylenenler, okuduklarım, duyduklarım bir kulağımdan girdi, beynimi oydu ve geri çıkmadı.

Geçtiğimiz kırk gün içime bir şeyler oldu. İlk önce kalbime ok gibi dört kelime saplandı. "Her şeye hazırlıklı gel" dediler, her kelimesi ayrı ayrı bir yeri nişan aldı. Sonra biri başın sağ olsun dedi, o bıçak gibi girdi kalbime. Devamında hançerden tut mızrağa, iğneden tut kıymığa kadar bütün delici cisimlerle amansız bir saldırı başlattılar içime. Geçtiğimiz kırk gün, kalbim kalplikten çıktı, moleküllerine ayrıldı. Herkes kelimelerine dikenli teller geçirmiş sanki, oralara takıldım kaldım paçavra gibi.

Geçtiğimiz kırk günün tüm günlerinde gözlerimi açtım, açtım kapattım. Daha çok sıkarsam, kirpiklerimi birbirine daha sıkı geçirirsem ve daha büyük açarsam gözlerimi, uyanacakmışım gibi geldi. Denedim, çok denedim, fayda etmedi. İnsan nasıl ki rüyalarından kendisi uyanamıyorsa, rüyadaymış gibi yaşadığı gerçeklikten de kendisi uyanamıyor. Geçtiğimiz kırk gün, kış uykusunda kâbuslar gören bir hayvan gibi böğürerek uyanmayı diledim. Olmadı. Geçmiş zaman şairleri gibi, hayatımın sonuna kadar uyanamayacağım bir kâbusun içine sürgün edildim.

Geçtiğimiz kırk gün, çok şey oldu, çok şey unuttum, çok şey hatırladım. "Son nefesimi senin dudaklarına bırakacağım" demiştin. Çocukluğuma mı geldi, saflığıma mı bilmem, inanmıştım. Oysa ben senin yanına geldiğimde, son nefesini üç saat önce vermiştin. "Görebilir miyim?" dedim. Beyaz örtünün altından yüzünü açtılar. Dudaklarımı dudaklarına değdirdim, ağzının içine koca bir nefes bıraktım ve o nefesi geri çektim. O aldığım son derin nefesti sevgilim. Ondan sonra aldığım nefesi nefes bilmedim.

Yanına geldiğimde gözlerin kapalıydı haliyle, uyuyor gibiydin. Yüzünü severken elim mi değdi, ne oldu anlamadım ama tek gözün açıldı. Son kez göz göze geldik, küçük, kahverengi gözbebeğini son kez gördüm. O an çok şey gördüm. Gözünün içinde kendimi gördüm. Kendimi senin gözbebeğinin içine gömdüm, parmağımla gözkapağını indirdim. Kırk gün önce sevgilim, seninle son kez göz göze geldim.

Geçtiğimiz kırk gün çok şey anladım. Manasını bildiğimi zannettiğim kelimeleri bilmiyor, bilmediklerimi aklımdan bile geçirmiyormuşum. Misal; umut denilen şeyin ne bok olduğunu bilfiil kavradım. Gazetelerin gereksiz sayfalarında çıkan "Öldü dediler, morgda uyandı" manşetli haberlerin gerçekliğine, milyarda bir ihtimallere, ölüleri dirilten peygamber mucizelerine tutundum. Tam üç kez gidip cansız bedeninden nefes dinledim, bir nefes, sadece bir nefes dilendim. Vermedin. Morg neden tek heceli bir kelime, o gün anladım. İki heceli olsa çıkmaz insanın ağzından. Bir kerede söylüyorsun, boğazına takılıyor, sonunu duymuyorsun. O gün orada, tek heceli morgda, çekmeceyi kapatırken senin göğsüne, kefenin üstüne, üstündeki çörek otlarının hemen yanına umudumu yatırdım. Çekmece bütün ihtimallerin üzerine demir kale kapıları gibi kapandı, hem umudumu, hem sevdiğimi yitirdim. Sanki kilitler, kilitler, kilitler altında çaresiz kaldım.

Kırk gün önce abdest aldım, ağlayarak Yasin okudum. "Ve ileyhi türceun" dediğimde kucağıma siyah bir poşet bıraktılar. Sabah giydiğin beyaz gömleğin, siyah pantolonun, saatin ve saatinin kordonuna geçirilmiş alyansın çıktı poşetin içinden. Ellerimi yüzüme sürerken, "ve ona döndürüleceksiniz" diye tekrarladım içimden. Geçtiğimiz kırk gün çok dua ettim, bir kez olsun "neden" demedim. Allah biliyor, çok dilimin ucuna geldi ama demedim.

Geçtiğimiz kırk gün içinde sana bir gün, bana her gün mezar kazdılar. Üstüne tahtalar koydular, kürek kürek toprak attılar. Dikildim ve izledim. Genel dualarda iyiydim, adının geçtiği dualarda enseme balyozlar indi, devrildim. Geçtiğimiz kırk gün, kırk kez öldüm, kırk kez dirildim. Hiçbir ölümümü ciddiye almadılar, yanımdan geçip gitti seni mezara koyanlar. "Affedersiniz ama beni de gömemez misiniz?" diyen bakışlarıma bir cevap bulamadılar.

Geçtiğimiz kırk gün ben çok değiştim. Büyüdüm, bin yıl daha eklendi yaşımın üstüne. Sükûnetle karşıladım taziyeye gelenleri, her söylediklerine amin dedim. Allah sabır versin, dediler, valla bence de versin, dedim. Ne olur versin, hatta sabır nerdeyse gidip alayım, ağacı varsa toplayayım, çiçeği varsa dikeyim, taşı varsa alıp boynuma asayım, sabır yağmur olup aksın altında ıslanayım istedim. Büyüdüm ben, büyümesem, kaçıp giderdim. Geçtiğimiz kırk gün çok küçüldüm aynı zamanda. Her yalnız kaldığımda büküldü dudağım, yastığıma sarıldım, yaz sıcağında yorganlar çektim başıma, saklandım, saklandım, saklandım, ağladım. Geçtiğimiz kırk gün, bir büyüdüm, bir küçüldüm. Geçtiğimiz kırk gün Harikalar Diyarı'ndan felaketler diyarına düşmüş bir garip Alis'tim; bin bir kapıdan geçtim.

Geçtiğimiz kırk gün, içeriye attılar beni, kırk gece kendi kendimin gardiyanı oldum, belimde hayali anahtarlarla gezdim. Son misafiri uğurlayıp da kapımı içerden kilitlerken demir parmaklıkların ardından kendime bakakaldım. Kırk gece tecrit edildim, kırk gece işkence çektim. Yalnızlık da bir işkence türü olarak kayıtlara geçsin, tecrübe ettim. Düzenli, sabit, ince bir damla gibi muttasıl damladı sensizlik içime, sinirim bozuldu durmaksızın delinmekten; bağırdım, bağırdım ama sesim çıkmadı. Tecritteydim, belki duyan olmadı. Soğuk ve ıslak beton üzerine uzanır gibi uzandım yatağın sen tarafına. Bacaklarımı karnıma çektim, işkencemi biraz da öyle çektim.

Geçtiğimiz kırk gün, evi taşıdım, sırtımda taşıdım hepsini, bütün eşyaların üzerinde sen oturuyordun, bütün gücümle hepsini tek başıma kaldırdım. Eşyalarını koliledim. Sözlerini, anlattıklarını, sesini, gülüşünü, bakışını, dokunuşunu, ellerini, ayak sesini, nefes alıp verişini bir kutuya koydum ama üstünü bantlamadım. Taşıyabileceğimden fazla yüküm vardı, istiap haddim dolalı hani olmuştu ya yine de onları bırakmadım. Yeni ve sensiz eve ilk giren ben oldum. Kutuyu açtım ve seni avuç avuç dağıttım odalara. Kalbim tütüyordu o an. Bir ayin gibi boş odalarda seninle dolaştım; ağzım ya sabır, ya sabır, ya sabırla dolup taştı, dudağımın kenarından dualar aktı. Geçtiğimiz kırk gün, evde, arabada, kitaplar arasında, çantamın gözlerinde, çekmece köşelerinde, hırkalarımın ceplerinde elime kederler geçti. Hepsini bir poşete doldurdum. Yaşarken tüy gibi hafiftiler, hatırlayınca külçe gibi ağır. Sürükleye sürükleye tavan arasına taşıdım, onlara bilahare bakacağım.

Geçtiğimiz kırk gün evde görünmez bir ateş yaktım, kırk gün kırk gece kızılcık şerbeti kaynattım. Kazanın başından hiç ayrılmadım, gözlerime dumanlar doldu, ateşi kendimle besledim, çok yandım. Yalnız dikkat edelim, kan kusup kızılcık şerbeti içtim demedim; yüzdüm kaynar kazan içinde, kızılcık şerbeti içinde piştim. Ne hammışım ben meğer, bunu anladım.

Geçtiğimiz kırk gün çok sarıldılar bana. Hiç boş bırakmadılar, ağzıma suböreği tıktılar, zorla yemek yedirdi ağlarken yemek yemenin ne kadar zor olduğunu bilmeyenler. Sarıldılar, sarıldılar ve "Her şeyin ilacı zaman, tek ihtiyacın zaman" dediler. Durup durup kolumdaki saate baktım, senin aldığın saate. Yolculukta ana babasını bunaltan çocuklar gibi sordum, "Daha gelmedik mi?" diye. Yüzüme boş boş baktılar. Yani dedim, daha yalın sorayım: "Bu zamanla geçer dediğiniz zaman, takribi ne zaman ey insanlar?" Başlarını eğip önlerine baktılar. Ben de aynısını yaptım. Gelen gidenin ayaklarını ezber tuttu aklım. Geçtiğimiz kırk gün dişlerimi sıktım, dudaklarımı ısırdım, tırnaklarımı kemirdim, kırk gün sanki senin elinmiş gibi sol elimle yanağımı sevdim. Hele bir akşamüstü bir dokunuşum vardı ki, o kesinlikle sendin.

Geçtiğimiz kırk gün, sorana sormayana seni anlattım. Dilimde gül bitti adını andıkça; kelimeler ağzımdan kuş olup uçtu, sustuğumda kanat çırptılar ağzımın içinde, tutamadım; ilk aralıktan uçtular, seni anlattılar. Bunun karşılığında, geçtiğimiz kırk gün, her gün bana aynı yalanı söylediler. Dediler ki sevdiğin ölünce kalbinde kırk mum yanar, her gün biri söner. Kırkıncı gün hepsi söner, biri bekler. O tek mum ebediyen yanar, acını o tek mum tutar. Ben buna inandım. Hayalimde otuz dokuz mum söndürdüm her gece üfleyerek, içimdeki cılız nefeslerle. Göğsümdeki sızı hafifler, kalbim tekrar toplanır, ciğerime derin bir nefes girer diye kırk gün bekledim. Geçtiğimiz kırk gün, bugünü bekledim. Sabah uyandım, kendimi yokladım. Öğlen tekrar baktım. Kırkıncı ikindiyi beklerken kırkikindi yağmurları boşandı gözlerimden. Gecesini bekledim ve de gece yarısını. Hiçbir şey olmadı. Yalanınız batsın dedim. İçimde tek bir mum kalacaktı hani; peki ne, bu yürekteki bin dönümlük orman yangını?